아무튼, 잠수

아무튼, 잠수

하미나

위고

차례

환영해

프리다이빙을 하면서 목격한 아름다움을 언어로 전달하기는 매우 난처하다. 언어 너머에 있는 경험들이라 느낀다. 그럼에도 이 일을 시도해보려고 하니 마음속에 떠오르는 표정이 하나 있다.

7년 전 일본 오키나와 바다에서 첫 다이빙을 마치고 배 위로 올라왔을 때 나는 방금 본 것에 완전히 압도되어 갑판 위에서 말을 잃고 앉아 있었다. 그러다 시선이 느껴져 고개를 드니 다이빙 선생님이 맞은편 자리에서 젖은 장비를 정리하며 나를 바라보고 있었다. 그와 눈이 마주치자 다소 머쓱해져 내가 말했다.

"너무 좋아서 충격받았어요."

선생님은 피식 웃더니 얼굴에 미소를 띠고 장비를 정리하는 일로 돌아갔다. 피식 웃던 선생님의 표정, 그 표정이 오랫동안 남았다. 그 후에도 비슷한 표정을 몇 번 목격했다. 그것은 지극히 좋은 어떤 것, 말로도 글로도 다 표현할 수가 없는 것, 반드시 직접 경험해야만 아는 것, 한번 경험하고 나면 일상의 어느 순간, 설거지를 하다가도 일을 하다가도 술자리에서 웃고 떠들다 쓸쓸히 집에 걸어가다가도 문득문득 떠올라 당신을 잠시 다른 세상에 데려다놓는 것, 맞아,

삶에는 그렇게 지극히 좋은 것이 있었지, 하고 영원히 당신을 겸허하게 할 그런 것을 아는 표정이었다.

그러니까 선생님의 표정은 "환영한다"였다. 봤어? 봤지? 너도 드디어 보았구나. 환영해. 꼭 알려주고 싶었어. 전해주고 싶었어. 왜냐하면 이것보다 더 좋은 건 세상에 없거든.

바다에서만 그런 아름다움을 본 것은 아니었다. 여행을 하거나 영화를 보거나 책을 읽거나 글을 쓸 때도 종종 그런 순간이 있었다. 글쓰기 수업을 할 때는 다이빙 선생님이 그랬던 것처럼 글쓰기를 하며 목격한 좋은 것들을 사람들에게 전달하려 애썼다. 그럴 때마다 약간은 마음이 초조했다. 그런 순간들은 편하고 달콤한 상황이 아니라 고통스럽고 불편하며 두려운 상황을 통과하며 올 때가 더 많았다.

나는 우울증을 오래 앓았다. 작가로서 세상에 내놓은 첫 책은 젊은 여성들의 우울증을 다룬 책으로, 여러 해에 걸쳐 내가 지닌 분노와 슬픔의 에너지를 응축하여 내면의 가장 어두운 면을 더듬거리고 그 더듬거림에서 만난 여자들의 이야기를 글로 옮긴 것이었다. 작업을 하는 동안 자주 떠올린 이미지는 익사의 이미지였다. 어두운 물속에 내가 잠겨 있고 바닥에는 잃어버린 열쇠가 있다. 열쇠를 집어 들기 위

해 숨을 참고 물속으로 들어간다. 캄캄한 바닥을 더
듬어보지만 열쇠는 손에 잡히지 않는다. 더 이상 버
틸 수 없을 것 같다. 숨이 넘어가는 상황에서 나는 생
각한다. 그냥 포기하고 올라갈까? 아니야 조금만 더
참아보자. 지금 올라가 봤자 언젠가는 다시 내려와야
할 테니까.

　　책을 쓰며 더 버틸 수 없겠다는 생각이 들 때마
다 프리다이빙을 했다. 프리다이빙은 공기통 없이 자
기의 숨만큼만 바다에 잠수해 있다가 올라오는 스포
츠다. 익사의 고통에서 벗어나기 위해 또 다른 익사
의 고통을 선택했다는 것이 아이러니하다고 느낀다.
그런 의미에서 프리다이빙에 대해 쓴다는 건 두려움
에 대해 쓴다는 것이 아닐까. 무서워서 한 발짝도 더
뗄 수 없을 때 어떻게 앞으로 나아갈 수 있을지에 대
한 이야기 말이다. 왜 굳이 그래야 할까? 왜 굳이 고
통과 불편과 두려움을 겪으면서도 뭔가를 보려고 할
까? 스스로 이 질문을 많이 했다. 생각해보니 이렇다.
아름다움을 직관하고 그게 얼마나 좋았는지를 사람
들과 나누는 것, 삶에서 진정으로 추구할 만한 게 있
다면 오직 이런 것뿐이기 때문이다.

1부 드라이 트레이닝*

*　무호흡 잠수(프리다이빙) 훈련 중 물 밖에서 하는
　　훈련을 드라이 트레이닝(dry trainning)이라고
　　한다. 드라이 트레이닝에는 귀의 압력 평형을
　　조절하는 이퀄라이제이션, 체내 이산화탄소
　　내성을 기르는 숨 참기 훈련, 근력 및 유연성 강화
　　운동, 명상 등이 있다. 상대적으로 물 밖에서
　　더 많은 시간을 보내는 1부를 드라이 트레이닝,
　　물속에서 더 많은 시간을 보내는 2부를 웨트
　　트레이닝(wet trainning)이라고 이름 붙였다.

준비호흡

여전히 또렷하게 기억하는 체중계의 숫자가 있다. 몸의 무게를 의식한 최초의 기억일 것이다. 엄마와 함께 갔던 대중목욕탕에서 탕에 들어가기 전 벌거벗고 체중을 쟀다. 여탕에 있는 많은 여자들이 그렇게 했다. 20킬로그램을 약간 넘는 숫자. 나는 당혹감과 경계심을 느꼈다. 다른 친구들은 20킬로를 넘지 않는데…. 체중으로 추정하건대 그때 나의 나이는 7세에서 8세 정도였을 것이다. 무거운 몸에 대한 거부감은 그렇거나 어린 시절부터 시작됐다. 그 후로 매해 학교에서 실시하는 신체검사에서 여자아이들은 최대한 몸무게가 덜 나오게 하기 위해 검사 며칠 전부터 다이어트를 하곤 했다.

몸에 관한 수치심의 기억을 떠올리자면 끝이 없다. 체육 시간이 언제나 싫었다. 체육복으로 갈아입을 때마다 흰색은 팽창하는 색인데, 하며 마뜩잖게 살펴보던 엉덩이와 허벅지, 종아리, 발목, 뙤약볕 아래에서 움직이다 보면 벌겋게 달아오르는 얼굴, 송골송골 맺히는 땀, 몸에서 나는 짭조름한 냄새… 이런 것들이 죄다 창피했다. 이십대가 되어 처음 스스로 운동을 시작했을 때도 나는 밤에 혼자 뛰는 것을 선택했다. 누구에게도 땀을 흘리는 모습을 보이고 싶지 않았기 때문이다.

나는 운동을 못한다, 라고 쓰고 싶다. 그렇게 말하면 편하다. 내가 선수도 아닐뿐더러 몸을 움직이고 땀을 흘리며 누리는 근원적인 기쁨이 운동을 잘하거나 못하는 것보다 더 중요하다는 걸 머리로는 안다. 아는데도 더 많은 근육과 더 적은 체지방을 갖지 못한 거울 속 나를 볼 때마다 수치심을 느낀다. 여전히 내 몸의 동세가 우스꽝스러워 보일까 봐 자유롭게 움직이지 못하고 움츠러들 때가 있다. 우연히 찍힌 사진 속 몸을 확대해 보며 괴로워한다. 그런데 이 몸으로 운동에 관한 글을 쓴다고? 내가 가장 먼저 비웃고 있다. 그렇다. 나는 지금 몸에 관한 이야기를 시작해도 괜찮다고 스스로 용기를 내려 애쓰고 있다.

바다는 이 모든 것으로부터의 해방이었다. 왜냐고? 바다에는 거울이 없기 때문이다. 물속에서는 부력 때문에 우주에서처럼 중력의 영향으로부터 비교적 자유로울 수 있었다. 몸의 무게로부터 자유로울 수 있었다. 바다는 너무도 커서 내가 50킬로건 60킬로건 70킬로건 상관하지 않았다. 바다에 다녀올 때마다 물 밖에서 하던 고민들이 사소하게 느껴졌다. 지저분한 것들을 헹궈내고 깨끗한 영혼을 되찾아오는 느낌이었다. 게다가 잠수를 하다 보면 다 같이 초라해져서 좋았다. 바다에서는 누구든 예외 없이 쫄쫄이 슈트에 몸을 끼워 넣고 눈물 콧물 다 흘리며 허우적대는 작은 존재에 불과했다.

수치심을 뚫고 어떻게 처음 바다에 들어가게 되었는지를 이야기하자면 먼저 내게 몸을 움직이는 것의 기쁨을 가르쳐준 두 명의 천사를 소개해야 한다.

만성 부종을 달고 살던 수험생 시기가 끝나고 대학에 입학하자마자 진과 준을 만났다. 우리는 지구환경과학이라는 같은 전공을 택했고 그렇게 스무 살이 채 되기 전에 만나 자연스럽게 가까워졌다. 학과 사람들은 우리 셋의 성을 따서 '하박김'이라며 세트로 부르곤 했다.

내게 이들은 운동의 왕처럼 보였다. 진은 탁구부 주장이었고 전국 탁구 대회에 나가서 우승을 할 만큼 운동 실력이 좋았다. 진이 앞서 뛰어갈 때 종아리에 봉곳하게 만들어지던 하트 모양의 근육을 나는 사랑했다. 준은 학교에서 열리는 모든 체육 수업을 찾아다니며 들을 정도로 운동을 좋아했고 언제나 유쾌했다. 나는 아직까지도 준만큼 체력이 좋은 사람을 여남을 통틀어 본 적이 없다.

운동을 좋아하는 친구를 곁에 둔 덕에 나는 이들에게 감탄하느라 전보다 더 운동과 가까워졌다. 용기를 내서 친구를 따라 운동 수업을 들어보기도 하고 함께 달리기를 연습하면서 느린 기록으로나마 마라톤 대회에 나가보기도 했다. 내게 자전거 타는 법을 가르쳐준 사람도 진과 준이다. 벌벌 떨며 페달을 밟으면서 넘어지고 뒤처지는 나를 웃는 얼굴로 인내심 있게 기다려준 친구들 덕분에 나는 서울 시내를 자전거를 타고 최초로 움직여볼 수 있었다.

하박김은 지구과학 중에서도 지질학을 주로 공부했다. 우리는 관악산으로 한라산으로 수리산으로 암석을 보러 다녔고 풍화를 겪은 암석의 표면을 깨뜨려 신선한 암석의 단면을 살펴보면서 광물의 종류와 결정형태, 구성 방식을 토대로 이것들이 지구 지각 아래 깊은 곳에서 얼마만큼의 열과 압력을 받아 형성된 것인지를 추론하는 법을 배웠다. 강원도 태백에서는 아무도 관심을 주지 않을 것 같은 산길에 멈춰서 길가에 널려 있는 돌을 까뒤집고 고생대층인 조선누층군에서 가장 풍부하게 산출되는 화석인 삼엽충 화석들을 보며 경이로워했다. 먼 옛날 부드러운 진흙에 찍힌 크고 작은 삼엽충의 표면이 오늘의 우리에게 도착해 5억 년 전에 한반도에 이런 생물이 살았노라고 전해주고 있었다.

그러니까 우리가 일본 오키나와 바다에 한번 들

어가보자고, 스쿠버다이빙을 시작해보자고 마음을 먹은 것은 해양생물보다는 해저지형에 대한 매혹 때문이었을지도 모르겠다. 지질학자들이 밝힌 바에 따르면 지구는 여러 개의 판으로 이루어져 있고 판은 손톱이 자라는 속도로 움직인다. 판은 서로 부딪혀 더 무거운 판이 가벼운 판 아래로 잠기기도 하고(수렴 경계), 서로 멀어지며 그 틈에서 새로운 땅이 만들어지기도 하고(발산 경계), 서로 어긋나기도 한다(보존 경계). 고요해 보이는 물 아래에 해저 화산과 산맥, 깊은 골짜기, 평원, 동굴 등이 있고, 느리지만 끊임없이 지구를 이루는 땅이 생성하고 소멸한다는 사실을 상기하면 일상을 살아가며 편협해졌던 시야가 한껏 확장되는 기분이었다.

학과에서 해양학을 공부하는 친구들 중에는 일찌감치 스쿠버다이빙을 시작한 친구들이 있었다. 그 당시 내게 스쿠버다이빙은 감히 시도해볼 엄두가 나지 않는 스포츠였다. 학생 입장에서는 비용도 만만치 않았고 무엇보다 스쿠버다이빙 동아리의 훈련이 무척이나 빡세다고 소문이 나 있었다. 스쿠버다이빙의 모든 게 뭐랄까… 너무 본격적으로 느껴졌다. 수영장에서 잠영을 훈련하다가 기절한 동아리원이 있다는 이야기도 들려왔다.

이 밖에도 나는 스쿠버다이빙에 도전할 수 없는 이유를 수백 개쯤 생각해냈다. '이걸 하기에는 나는 ○○가 부족하다.' ○○의 리스트는 한도 끝도 없이 길어질 수 있었다. 돌이켜보면 몸에 딱 달라붙는 슈트를 입어야 한다는 것과 다른 사람과 함께 훈련하는 스포츠라 어쩔 수 없이 뒤처지는 모습을 보여주며 남을 기다리게 만들어야 한다는 점이 싫고 부담스러웠던 것 같다. 스쿠버다이빙만 그럴까. 지금도 무언가를 시작하기 전에 머릿속으로 안 되는 이유 리스트를 먼저 만드는 나를 본다. 할 수 없다고 결론을 미리 내리고 이유를 만들어내는 것이다. 그러다 아주 가끔 용기를 내는 일이 생긴다. 그러면 많은 것이 달라진다.

대학에 가고 보니 성적보다도 취향과 취미, 익숙한 스포츠의 종류가 우리가 어떤 환경에서 자랐는가를 보여주곤 했다. 운동 습관 역시 자라면서 공기처럼 숨 쉬듯 습득하는 것 중에 하나다. 스무 살이 되어 새로 만난 친구들과 가장 큰 격차를 느낀 것도 바로 그런 부분에서였다. 학교를 모범생으로 열심히 다니는 것으로는 충분히 익힐 수 없는 것들이었다. 가령 규칙적으로 몸을 움직이고 땀을 흘리며 건강을 유지하는 법, 자전거를 타는 법, 외국어를 익히는 법, 돈 관리를 하는 법, 일과 휴식의 경계를 설정하는 법, 너무 짜거나 매운 음식만으로 식단을 구성하지 않는 법.

이십대의 시간 대부분을 내게 없다고 생각하는 부분을 채우며 보냈다. 노골적으로 말하자면 교양 있는 사람이 되고자 애썼다. 어디 가서 세련된 무엇을 보거나 듣거나 맛보거나 누릴 때마다 느껴지는 소외감과 당혹감을 더 이상 느끼고 싶지 않았다. 지금 와서 생각해보면 그때 느낀 소외감과 당혹감은 나의 몫이 아니었는데도 말이다. 여하간 자라면서 자연스럽게 체화한 것은 아니고 그래서 수월하지는 않지만, 그렇다고 배우는 것이 불가능하지는 않은 것들을 스스로 교육시킨 것처럼 운동 역시 스스로 천천히 교육시켰다. 그런 의미에서 스쿠버다이빙은 내가 좋아한 것이기도 하지만 좋아하고 싶었던 것이기도 했다.

첫 수업

2016년 오키나와의 한인 다이빙 숍에서 스쿠버다이빙 수업을 처음 받을 때는 모든 것이 고난이었다. 다이빙 슈트를 입는 것부터가 그랬다.

선생님이었던 우는 말수가 많지 않고 콧수염을 기른, 까무잡잡한 피부의 건장하고 젊은 남자였다. 늘 바다에 가니 가볍고 편한 옷만 입고 다녔는데 그 모습이 세련된 옷을 입고 다니는 서울 사람들보다 훨씬 자연스럽고 편해 보였다.

우는 하박김을 쭉 둘러보더니 각자의 사이즈에 맞춰 다이빙 슈트를 건넸다. 내 것을 받아 들고 나는 미심쩍은 표정으로 말했다.

"너무 작아 보이는데요."

"이 사이즈가 맞아요. 물에 들어가면 어차피 늘어나니까 꼭 맞게 입는 게 맞아요."

탈의실에서 낑낑대며 두께 5밀리미터의 슈트를 입는 동안 나는 진심으로 이대로 질식사할 수 있겠다고 생각했다. 머릿속에 자동으로 기사 헤드라인이 지나갔다. '일본 오키나와에서 이십대 여성 사망. 다이빙 슈트가 목에 걸린 채로 탈의실에서 변사체로 발견….' 간신히 몸을 슈트 안으로 구겨 넣었지만 등에 달린 지퍼가 도저히 잠기지 않았다. 뒤뚱뒤뚱 걸어나가 준에게 지퍼를 잠가달라고 부탁했다. 다 입고 나니 미쉐린 타이어 마스코트가 된 기분이었다.

그게 끝이 아니었다. 슈트를 입으면 부력이 생기니 이를 상쇄해줄 웨이트가 필요했다. 벨트와 함께 7킬로그램의 납덩이를 허리에 둘러찼다. 다이빙 양말과 다이빙 장갑, 마스크, 물속에서 추진력을 내줄 오리발, 조끼처럼 입는 부력조절기(BCD, Buoyance Control Device)에다 마지막으로 공기통까지 메고 나니 약 30킬로그램의 장비를 온몸에 장착한 상태였다. 바다에 들어가기도 전에 체력은 이미 방전된 상태였다. 진과 준이 곁에 있어 버텼을 뿐 너무 힘들었다. 나는 언제나 머리를 굴려서 동선을 효율적으로 만들어 몸의 움직임을 최소화해왔는데… 왜 이런 고생을 사서 해야 하는가! 몸을 불편하게 하는 모든 것이 짜증스러웠다.

첫날, 우리는 스쿠버다이빙의 가장 기본이자 첫 번째 자격증인 오픈워터 다이버 교육을 받았다. 오키나와 해변의 얕은 바다에서 훈련을 시작했다. 바다로 차근히 걸어 들어갔다. 오리발을 신고 울퉁불퉁한 돌을 밟고 지나가는 것이 쉽지 않았다. 허리 정도까지 물이 찼을 때 좀 편해지려나 싶었는데 파도가 몰려오는 바람에 나는 몸을 제대로 가누지 못하고 혼자 여러 번 자빠졌다. 돌아보니 진과 준도 마찬가지였다. 내가 기우뚱하며 옆에 앉아 있던 준을 붙잡자 똑같이 기우뚱하던 준이 더욱 심하게 흔들렸고, 때마침 파도가 치고 지나가면서 우리는 뜻하지 않게 뒤엉켜 깊은 포옹을 나누게 됐다. 가만히 우리를 지켜보던 우가 말했다.

"뭐 하세요….."

'망할… 이것보단 멋있는 모습일 줄 알았는데.'

마스크를 끼고 호흡기를 입에 물고 바다로 좀 더 나아갔다. 모래 해변 앞의 바다라 시야는 썩 좋지 않았다. 물에 잠기니 슈트 안으로 바닷물이 들어와 온몸으로 퍼졌다. 처음엔 차가웠지만 슈트 속에 들어온 물이 체온에 덥혀져 곧 따뜻해졌다. 그러자 불편하게 몸을 조이던 슈트도 편안해졌다.

다른 무엇보다 호흡기로 숨을 쉬는 것이 낯설었다. 평생 코로 숨을 쉬어왔는데 입으로만 숨을 내뱉고 들이쉬려니 어색했던 것이다. 무거운 장비 탓인지 몸에 꼭 맞는 슈트 탓인지 바다가 무서운 것인지 계속 숨이 찼다. 오줌이 마려운 것도 같았다. 걱정이 뭉게뭉게 피어올랐다. '갑자기 기침이나 재채기가 나오면 어떡하지?', '숨을 쉬려다가 바닷물을 들이마시면 어떡하지?', '파도 때문에 멀미가 나서 토하고 싶어지면 어떡하지?' 일찌감치 스쿠버다이빙을 배웠던 친구들의 얼굴이 머릿속에 퐁퐁 떠올랐고 존경심도 함께 피어올랐다. 이렇게 어려운 거였구나. 이렇게 불편한 거였구나. 난생처음 느껴보는 감각에 어색해하며 수면 위에 떠 있는데 우가 이제 BCD의 공기를 빼고 잠수하자고 했다.

푸슉-. 우가 먼저 공기를 빼고 잠수했다. 아니, 먼저 가버리면 어떡해. 바다 밑에서 잠수하고 있다가 문제가 생기면 어떡하려고! 수면에서보다 더 무섭고 해결하기 곤란할 것 아닌가. 깊은 수심에 있다가 갑자기 상승해버리면 수압 변화 때문에 다칠 수도 있다고 하지 않았나. 급격한 수압 변화로 혈액 속에 돌아다니던 공기 방울이 커지며 보글보글 끓어오르는 모습이 절로 상상됐다. 머릿속에 또 한 번 기사 헤드라인이 지나갔다. '일본 오키나와 바다에서 젊은 이십 대 여성 스쿠버다이빙을 배우다 익사. 수심은 불과 3미터로 밝혀져.'

걱정하며 망설이는 사이 우는 이미 바닷속에 들어가 있었다. 나는 하강하지 못하고 수면에서 그 모습을 그저 내려다봤다. 그의 밑으로 크기를 가늠할 수 없는 바다가 있었다. 우는 바다의 신 같기도 하고 우주를 유영하는 우주비행사 같기도 했다. 눈이 마주치자 그가 내게 손짓했다. 그 손짓이 초대처럼 느껴졌다. 위험해 보이지만 유혹적인 초대. 푸른 바다를 배경으로 손가락을 까딱거리는 그의 모습은 향후 3년간 내가 머릿속으로 수백 수천 번 반복 재생할 장면이었다. 심장박동이 빨라졌다. 나도 BCD의 공기를 빼고 하강했다. 물 밖에서와는 달리 물속은 고요했다. 잠수하자마자 온갖 소음이 뚝 끊겼다. 쉬익-, 보골보골보골, 쉬익-, 보골보골보골. 내가 호흡하는 소리만 들려왔다.

얕은 바닷속에서 우리는 가만히 몸을 정지시키는 법부터 배웠다. 부력을 조절하는 것이 어색해서 가만히 있기도 어려웠다. 이어서 위급 상황을 대비해 수중에서 스쿠버 장비를 벗었다가 다시 착용하기, 웨이트벨트를 벗었다가 다시 착용하기, 반쯤 물이 찬 마스크의 물 빼기 등 오픈워터 다이버 자격증을 따기 위한 일련의 훈련을 했다. 가장 어려운 건 물속에서 마스크를 벗고 다시 쓰는 것이었다. 물속에서 눈을 뜨는 것이 어색했고 마스크를 썼을 때처럼 뚜렷하게 앞을 볼 수 없자 덜컥 겁이 났다. 진과 나는 이내 통과했으나 준은 마스크를 벗다가 눈에 물이 들어가면 당황해 수면 위로 급히 상승해버렸다. 여러 번 시도해도 마찬가지였다.

준이 선생님과 연습하는 동안 진과 나는 가만히 있지 못하고 장난을 치기 시작했다. 물속에서 앞구르기를 하고 진을 쳐다봤다. 진도 답하듯 앞구르기를 했다. 이번에는 뒤구르기를 하고 진을 쳐다봤다. 진도 뒤구르기로 호응했다. 웃느라 광대가 올라가자 마스크에 물이 들어왔다. 배운 대로 마스크를 살짝 들고 코에서 바람을 내뿜으며 물을 뺐다. 그리고 오른쪽으로도 움직이고 왼쪽으로도 움직이고 앞구르기를 했다가 뒤구르기를 했다. 으하하하하하하하! 신이 났다. 물속에서는 아크로바틱 선수처럼 움직일 수 있었다. 몸을 움직일 때마다 움츠러들고 어색하던 뭍에서와는 아주 딴판이었다. 그토록 동경하던 가뿐한 움직임을 물속에서나마 누릴 수 있었다. 서커스하듯 진과 이리저리 데굴데굴 유영하다가 선생님을 보니 표정으로 그는 우리에게 또 묻고 있었다.

'뭐 하세요….'

그날의 훈련을 마치고 또 무거운 장비를 들고 고생고생을 하며 숙소로 돌아왔다. 어쩌면 다이빙이란 앞뒤 과정이 수고스러워서 바다에서의 시간이 더 달콤한지도 몰랐다. 축축해진 슈트를 낑낑대며 벗고 하박김은 함께 씻었다. 준은 세숫대야에 물을 받아놓고 얼굴을 박아가며 마스크 벗는 연습을 했다.

우리는 이십대 중반의 여자애들이 모이면 으레 그러듯이 우가 얼마나 매력적인지에 대해서 열렬히 토론했다. 그날 밤 나는 쉽사리 잠들지 못했다. 바다 아래에서 나를 보며 손짓하던 우의 모습이 끊임없이 머릿속에서 반복 재생되었기 때문이다. 바닷속에 있는 그의 모습을 생각하고 또 생각하는데 그때마다 가슴이 뛰었다. 나는 잠들기 전 결정을 내렸다. 내일 아침 그에게 이 마음을 고백해야겠다고. 한국에서 날 기다리고 있는 애인에게는 이별을 고해야겠다고 말이다.

다음 날 아침 눈을 떴을 때 나는 불현듯 중요한 사실을 깨닫고 간밤의 결정을 철회했다. 내가 사랑에 빠진 건, 우가 아니라 바다였다.

얕은 바다에서의 제한수역 훈련을 마치고 그날 우리는 개방수역 훈련을 위해 배를 타고 좀 더 먼 바다로 나갔다. 배에 스쿠버 장비들을 챙기고, 낑낑거리며 다시 다이빙 슈트를 입고, 갑판 위에 걸터앉아 먼바다를 향해 한참을 이동했다. 더 이상 육지가 보이지 않게 되고도 한참 후에야 배가 멈췄다. 오키나와섬에서 서쪽으로 약 40킬로미터 떨어진 게라마제도 국립공원이었다. 우리는 공기통을 메고 바다로 뛰어들었다. 첨벙.

수면에서 무거운 장비들에 익숙해지려 애쓰다가 나는 하강하기 전에 바다에 얼굴을 묻고 아래를 보았다. 큰 충격을 받았다. 태어나서 본 것 중 가장 컸기 때문이다. 그렇게 커다란 공간은 처음이었다. 게라마 제도의 바다는 몹시 투명해서 내 시력이 허락하는 만큼 멀리 볼 수 있었다. 물 밖에서 살아갈 때는 대체로 인간이 만든 인공물, 대체로 커다란 건물에 가려 어딜 보든 시야가 막힌다. 그런데 시야를 가리는 것이 하나도 없다면? 우리에게 펼쳐진 공간을 그대로 보게 된다면? 새파란 바다. 커다란 바다. 아니 광활한 바다. 깊어질수록 어두워지는 바다. 그 끝을 가늠할 수 없는 바다. 나보다 큰 것. 당신보다 큰 것. 우리보다 큰 것. 지구에 살아 있는 모든 것을 다 합친 것보다 큰 것. 햇빛이 바닷속으로 들어와 여러 개의 빛기둥을 만들며 바람에 날리는 커튼처럼 아른거렸다. 간간이 크고 작은 물살이 뚱한 표정으로 지나다녔다. 보글보글 공기 방울을 만들며 돌아다니는 인간 스쿠버다이버들만이 바다를 간지럽히며 귀찮게 구는 존재 같았다.

고개를 들고 다시 물 밖을 봤다. 배의 모터 소리와 선생님이 주의사항을 말하는 소리가 들려왔다. 내가 알던 세계였다. 다시 고개를 넣어 물속을 보았다. 순식간에 고요해지며 지구에서 제일 큰 것이 보였다. 완전히 모르는 세계였다. 이렇게 간단히 고개를 까딱하는 것만으로 다른 세상으로 접속할 수 있다니. 지금껏 이걸 전혀 모르고 살았다니. 자연 앞에서 인간은 미물일 뿐이라는 상투적인 말이 어떤 의미였는가를 그제야 몸으로 알게 됐다. 그때 오키나와 바다에서 내가 인간으로서 가지고 있던 수많은 고민들, 가령 몸에 대한 고민, 돈에 대한 고민, 커리어에 대한 고민, 가족, 친구, 연인과의 고민 등은 끊임없이 흐르는 바닷물에 다 쓸려 가버렸다.

포유류 잠수 반응

오키나와 여행 이후로 바다앓이가 시작됐다. 당시 나는 대학원생이었고 생계를 위해 기숙사 사감 일을 겸하고 있었다. 주말이 되면 낮에는 학원강사로 밤에는 바텐더로 일했다. 하루라도 빨리 바다로 돌아가고 싶었지만 그러기에 스쿠버다이빙은 큰 비용이 필요한 취미였고 내겐 더 이상 여윳돈이 없었다. 장비를 싣고 다닐 차도 없었다. 더 중요하게는 시간이 없었다. 그래도 바다 생각이 마음에서 떠나질 않았다. 책상 앞에 앉아 논문을 읽고 있을 때면 등 뒤가 점차 어두워지며 메마른 종이 위로 만타가오리 그림자가 지나다니는 듯했다. 침대에 누워 잠에 들라치면 기숙사 방이 바닷물로 차오르며 귓가에 물소리가 들리는 듯했다. 푸른 바다를 품으며 일상에서도 큰마음으로 살아가고 싶었지만 점차 물 밖 세상의 일에 익숙해졌고 다시금 쩨쩨해지기 시작했다. 바다에 가기에는 삶이 너무 팍팍했고 바다에 갈 수 없어서 삶이 너무 팍팍했다.

그렇게 1년이 지났다. 석사논문은 심사에도 올라가지 못하고 졸업은 차일피일 미뤄졌다. 지도교수와의 관계는 점점 최악으로 치달았다(나는 대학에서 성폭력을 저지른 한 교수를 대상으로 몇 년째 재판을 진행 중이었다). 집안의 자랑거리였던 나는 어느새

천덕꾸러기가 되어 있었다. 무언가를 열심히 하는 것 같기는 하지만 그것이 도통 뭔지는 모르겠고 결정적으로 돈을 못 벌어 오는 애였기 때문이다. 앞으로 무엇이 될지 전혀 알 수가 없었다. 그런 한편 또래 친구들과 경제적 차이가 커지며 어울리기는 더 어려워졌다. 그때 나는 끝내 아무것도 아닌 사람이 될까 봐 두려웠다. 내게 남은 미래는 저 멀리 떠나가는 친구들을 보내주는 일뿐인 것 같았다. 마음속으로 앞으로 멀어질 친구들과 이별할 준비를 했다. 경제적으로나 사회적으로 더 나은 조건을 갖지 못하는 것보다 사랑하는 친구들과 멀어지게 될 것이 더 슬펐다.

그때나 지금이나 항상 글을 쓰고 글쓰기 수업을 찾아 듣고 글과 관련한 일만 해왔지만 글을 쓰는 삶을 선택하는 것은 두려웠다. 글을 쓰며 사는 삶을 살지 않기 위해 최선을 다해 이곳저곳으로 도망 다녔다.

스쿠버다이빙을 계속하고 싶었지만 비용과 장비 부담 때문에 망설이다가 프리다이빙을 알게 되었다. 프리다이빙은 공기통을 메고 바다에 들어가는 스쿠버다이빙과 달리 자기 숨만큼만 바다 아래에 머물다 나오는 스포츠다. 그래서 스쿠버다이빙보다 필요한 장비도 더 적고 비용도 쌌다. 장비가 더 간단한 만큼 체력 면에서도 나에게 훨씬 잘 맞았다.

그러고 보니 오키나와 바다에서도 프리다이버를 본 기억이 났다. 스쿠버다이버가 간신히, 천천히 내려가며 도달하는 수심을 얄미울 정도로 재빠르게 왕복하는 날쌔고 가벼운 사람들이었다. 무엇보다 프리다이버가 맨몸으로 바닷속을 자유롭게 유영하는 모습이 아름다워 보였다. 바다와 더 자연스럽게 더 깊이 교감하는 법을 배울 수 있는 스포츠로 보였다.

인천 송도의 잠수 풀에서 처음으로 프리다이빙을 배웠다. 진과 준을 꼬셔서 함께 갔다. 잠수 풀에 딸려 있는 작은 교육실에서 빵 선생님에게 프리다이빙에 관한 이론을 배웠다. 이론부터 아주 재미있어서 나는 그날로 프리다이빙과 사랑에 빠졌다. 선생님에 따르면, 세계에서 가장 깊이 잠수해본 사람은 오스트리아의 프리다이버 헤르베르트 니치(Herbert Nitsch)라고 했다. 그는 한 번의 숨으로 수심 214미터를 잠수하고 돌아왔다. 이쯤에서 스포츠 경기로서 프리다이빙의 종목과 규칙에 대해 소개할 필요가 있을 것 같다.

프리다이빙 경기는 기록경기로, 더 오래 숨을 참거나, 한 번의 숨으로 더 멀리 나아가거나, 더 깊이 잠수한 사람이 우승하는 스포츠다. 프리다이빙은 크게 네 가지 종목으로 나눌 수 있다.

　첫 번째는 스태틱 앱니어(STA, Static Apnea)로 물속에서 숨을 가능한 한 오래 참는 종목이다. 숨을 참고 물 위에 엎드려서 진행한다. 단순해 보이지만 나름의 매력이 있는, 프리다이빙의 기본이 되는 종목이다.

　두 번째는 다이내믹 앱니어(Dynamic Apnea)로 한 호흡으로 이동한 수평 거리를 측정하는 종목이다. 오리발을 끼고 하는 DYN(Dynamic with fins)과, 오리발을 끼지 않고 하는 DNF(Dyamic no fins)로 나뉜다. 스태틱 앱니어와 다이내믹 앱니어는 깊은 수심이 필요하지 않기 때문에 실내 수영장에서 경기를 한다.

　나머지 종목은 바다에서 경기가 치러진다. 수면에서부터 바다 아래까지 줄을 내리고, 다이버가 줄에서 멀어지지 않도록 피탈방지끈인 랜야드와 다이버를 연결한 뒤에, 목표한 수심을 '안전하게' 내려갔다 오면 된다. 다이버가 목표 수심을 다녀온 뒤 수면에 도착해 "아임 오케이"를 말하며 손으로 오케이 표시를 하고, 몇 초간 기절하지도 경련을 일으키지도 않는다면 잘 다녀온 것으로 보고 통과의 표시인 화이트 카드를 받는다.

　세 번째는 프리이머전(FIM, Free Immersion)으로 오리발을 사용하지 않고 줄을 잡고 내려갔다가 줄을 잡고 올라오는 종목이다. 다른 종목보다 상대적으로 편안하게 하강할 수 있어서 수심에 적응하는 훈련을 할 때 웜업으로 자주 한다.

네 번째는 콘스턴트 웨이트(Constant Weight)로 일정한 무게의 웨이트를 달고 하강했다가 상승하는 종목으로 프리다이빙에서 가장 많이 알려진 종목이다. 콘스턴트 웨이트에서는 목표한 수심, 즉 바텀에 도착해 방향을 전환할 때에만 줄을 잡는 것이 허용된다. 이외의 곳에서 줄을 잡으면 레드 카드, 곧 실격 처리 된다. 오리발 사용 유무에 따라서 CWT(Constant weight with fins)와 CNF(Constant weight no fins)로 나뉜다.

이외에 노 리미츠(NLT, No Limits)라는 종목이 있는데 2007년 헤르베르트 니치가 214미터를 기록한 경기가 바로 이 종목이다. 노 리미츠에서는 프리다이버가 대개 줄에 연결된 수중 슬레이트에 매달려 하강했다가, 목표 수심에 도달하면 리프팅 장비를 사용해 상승한다. 보통 슬레이트에 장착된 공기 탱크의 밸브를 열어 기구에 압축 공기를 채운 뒤 상승한다. 1988년 뤽 베송의 영화 〈그랑블루〉에 등장하는 종목이다. 다른 종목보다 더 빠르고 쉽게 깊은 수심에 도달할 수 있지만 노 리미츠는 다른 종목보다 위험 요소가 많아 더 이상 대회에서 실시되지 않고 있다.*

빵 선생님은 위험해 보이지만 수심을 경험하는 데 있어서 프리다이빙이 스쿠버다이빙보다 안전하다고 했다. 깊은 수심에서 빠르게 상승할 때 압력 변화를 견디려면 오히려 인공 장비의 도움을 받지 않아야만 한다. 바다 아래에서 수면에서 들이마신 숨 외에 여분의 숨을 더 쉬게 되면 수면으로 상승할 때 몸속 공기가 팽창해 잠수병의 위험이 있기 때문이다. 스쿠버다이버들이 깊은 수심에서 곧바로 수면 위로 올라오지 않고 중간 정도의 수심에서 안전 정지를 하고 돌아오는 이유다.

선생님은 화이트보드에 보일의 법칙을 적으며 기체의 부피가 압력에 따라 변화한다는 사실을 설명했다. 오랫동안 과학자들은 보일의 법칙에 따라 인간이 깊은 수심으로 잠수할 수 없다고 믿었다. 수심이

---

*   프리다이빙 경기는 1990년대 초반이 되어서야 정확한 종목과 규칙이 마련되었다. 경기 종목과 규칙에 대한 설명은 프리다이빙 국제 대회를 주최하고 자격증을 발급하는 협회 중 가장 잘 알려진 단체 중 한 곳인 AIDA(International Association for the Development of Apnea)의 것을 따랐다.

깊어질수록 수압이 강해져 폐가 쪼그라들 것이라 생각했기 때문이다. 그럼에도 불구하고 잠수를 시도하고 돌아온 사람들 덕에 인간이 깊은 수심에서도 살아남을 수 있다는 사실을 알게 됐다. 신비롭게도 인간의 몸에는 익사의 위험에서 우리를 구하는 '생명의 마스터스위치'가 있기 때문이다.

'생명의 마스터스위치'란 1963년 생리학자 페르 숄란데르(Per F. Scholander)가 포유류 잠수 반응(MDR, Mammalian Dive Response)에 붙인 이름이다.[*] MDR은 숨을 참거나 물에 잠길 때 촉발되는 다양한 생리 반응을 일컫는다. 이 반응은 특히 뇌, 폐, 심장에서 강하게 일어나고 깊이 잠수할수록 반응도 강해진다. MDR이 시작되면 심장, 폐 등 생존에 가장 중요한 장기에 피가 몰린다. 폐는 혈액이 몰려 수압을 버틸 수 있게 되고, 말초혈관은 수축하며 감각이 둔해진다. 시냅스 사이의 신호 전달 속도는 느려져 뇌는 깊은 명상에 빠진 듯한 상태가 된다. MDR은 고래, 돌고래, 물범, 수달 같은 해양포유류에서 강하게 나타나는데 인간에게도 잔존한다. 깊은 수심을 잠

---

[*] Scholander, P. F., "The master switch of life", *Scientific American*, DEC 209, 1963, 92-106.

수하는 프리다이버의 심박수는 분당 11회까지도 떨어진다. 건강한 사람의 평상시 심박수가 분당 60~100회 정도인 것을 감안하면 정말 놀라운 수치다.

　나는 포유류 잠수 반응이라는 말부터가 좋았다. 먹일 포(哺)에 젖 유(乳), 무리 류(類), '포유류'라는 말이 인간이 젖먹이 동물이라는 사실을 새삼 일깨워주는 것 같았다. MDR은 생명의 역사가 우리 몸에 남긴 유산이기도 하다. 고생물학 수업 시간에 "내 안의 물고기"에 대해 배운 적이 있다. 삼엽충에 대해 가르쳐주시던 교수님은 고생물학자 닐 슈빈의 책 『내 안의 물고기』를 인용하면서 물고기와 인간은 공통 조상을 공유하며 우리 몸에 우리가 물고기였을 때의 흔적이 남아 있다고 했다. 우리의 손은 물고기 지느러미와 동일한 구조를 가졌고, 우리의 머리는 장어와 같은 무악어류와 똑같이 구성되어 있다. 외이는 비교적 최근 진화한 기관이지만 내이와 중이는 상어의 뼈 구조와 유관하다. 닐 슈빈은 인간이 "개조된 물고기"라고 말하기까지 한다.

　송도 잠수 풀장의 작은 교육실에서 내 머릿속으로 약 38억 년에 걸친 생명 진화의 역사가 펼쳐졌다. 고대의 어느 용감한 물고기는 감히 물 밖에 나올 시도를 했을 것이다. 얕은 물가를 돌아다니다 어느 날 지느러미로 자박자박 걸어보았겠지. 땅을 딛기 쉽도록 곧 손목도 생기고 지느러미도 갈라졌겠지. 지느러미는 시간이 흘러 지금 내가 타자를 치는 손가락이 되었다. 진화의 역사 속에서 인간과 물고기가 하나이던 때가 있었고 그 흔적이 남긴 몸의 반응은 내가 익사의 위험에 처했을 때, 숨을 참고 바다에 들어갈 때 스위치가 켜진다. 나는 이 모든 것이 어지럽도록 경이롭고 아름다워서 물에 들어가 본격적으로 숨을 참기도 전에 그 자리에서 기절할 뻔했다.

선생님은 이론 교육을 끝낸 뒤 숨 참기(스태틱 앱니어) 시범을 보여주었다. 준비호흡을 하는 동안 그의 표정이 순식간에 고요히 변했다. 최종호흡을 하고 숨을 크게 들이마신 뒤 자신의 폐가 보통 담을 수 있는 양보다 많은 양의 공기를 집어넣는 패킹(packing)을 했다. 곧이어 우리도 직접 숨을 참아보는 연습을 했다.

모두 매트를 깔고 누워서 가슴을 진정시키고 준비호흡을 했다. 5, 4, 3, 2, 1. 카운트다운을 마치자마자 입을 벌려 폐에 가득 숨을 들이마시며 최종호흡을 했다. 가능하면 많은 양의 공기를 폐에 담고 싶었지만 생각보다 숨이 가슴 속으로 잘 들어가지 않았다. 그렇게 40초쯤 지났을까. 벌써 온몸이 뒤틀리는 듯하며 숨을 쉬고 싶어졌다. 호흡 충동이었다. 선생님은 숨을 참을 때 첫 번째로 오는 반응이 호흡 충동이라고 했다. 이 호흡 충동은 실제로 몸속에 산소가 부족해서 오는 반응이 아니라 체내 이산화탄소 농도가 평소보다 높아져서 오는 반응이니 무시하면 된다고 했다. 무시하라고? 나는 좀 더 버텨보았다. 1초, 2초, 3초가 매우 천천히 흘렀다. 시간을 이렇게 밀도 있게 감각한 적이 있었던가? 되도록 머릿속을 비우려고 애썼지만 이런저런 생각이 자꾸만 맴돌았다. 지금은 몇 분 정도 되었을까? 진과 준도 계속 숨을 참고 있나? 이거 끝나고 저녁에 뭐 먹지?

선생님은 숨을 오래 참는 비법은 아무것도 생각하지 않는 것이라고 했다. 이런저런 번민에 휩싸일수록 뇌에서 산소를 많이 쓰기 때문이다. 숨을 오래 참으려면 생각을 멈추고 몸에 힘을 빼야 한다. 그러려면 긴장된 상태로 불필요한 힘이 들어가 있는 몸의 부위를 스스로 인지해야 한다. 자기 몸을 알기. 힘 빼기. 이것이 힘을 줘서 무언가를 해내는 일보다 몇 배는 더 어려운 일인지 그때는 몰랐다.

나는 더 이상 버티지 못하고 하악 하고 날숨을 뱉었다. 1분 30초 정도 지나 있었다. 첫 번째 시도치고는 나쁘지 않았다. 고작 1분 30초간 숨을 참았을 뿐인데 몸에서는 삐질 땀이 났다. 근래 들어 가장 진하게 시간을 감각한 1분 30초였다.

숨을 계속 참으면 호흡 충동 다음에 횡격막 수축이 온다고 했다. 프리다이버 사이에서는 흔히 컨트랙션(contraction)이라고 부르는 반응이다. 몸이 혈액 안에 축적된 이산화탄소를 배출하기 위해 호흡에 쓰이는 일부 근육을 수축하려는 움직임인데 천천히 딸꾹질을 하는 것처럼 배가 꿀렁인다. 컨트랙션 역시 실제로 산소가 부족함을 의미하지 않는다. 빵 선생님은 만약 횡격막 수축이 2분 만에 왔다면 이론상으로는 4분까지 숨을 참을 수 있다고 했다.

스태틱 앱니어의 기량은 사람마다 다르다. 그렇지만 꽤 쉽게 느는데 느는 방법은 폐활량 자체가 늘어서라기보다는 숨을 참아도 생각보다 오랫동안 괜찮다는 것을 아는 데 있는 것 같다. 육체적이기보다는 정신적인 훈련이 필요하다(프리다이빙이라는 스포츠가 원래 그렇지만). 숙련된 프리다이버는 호흡 충동도 컨트랙션도 하나의 정보로 받아들인다. 몸에 산소는 충분히 있다. 체내 이산화탄소 농도가 높아졌을 뿐이다. 숨을 쉬고 싶은 충동은 피할 수 없지만 지켜볼 수는 있다. 나의 몸은 이 충동이 밀어붙이려고 하는 것보다 더 오래 숨을 참을 수 있다. 나는 이 충동보다 더 크다….

　평정심을 유지하는 것도 숨 참기에 매우 중요하다. 패닉에 빠지면 뇌는 순식간에 산소를 소모하기 때문이다. 만약 물에서 사소한 실수를 하고 놀라서 허둥지둥 움직인다면? 컨트랙션은 평소보다 더 빨리 오게 될 것이다. 물을 두려워하며 언제나 조심하면서도 진정 두려운 상황이 닥쳤을 때는 두려운 마음을 잘 다스려야 안전하게 잠수할 수 있다.

　만약 한계 이상으로 숨을 참으면 어떻게 될까? 저산소증으로 두 가지 반응을 겪게 된다. 첫 번째는 운동신경조절장애(LMC, Loss of Motor Control)로서 나의 의지와는 관계없이 몸이 앞뒤로 흔들리거나 팔다리가 제멋대로 움직이는 현상으로 삼바춤을 추는 것과 비슷하다고 하여 '삼바'라고도 부른다. 더 심각한 저산소증은 의식상실(BO, Black Out)이다. BO가 온 다이버에게 응급처치를 빠르게 하지 않으면 뇌가 손상되거나 심하면 사망에 이를 수 있다. 여기까지 들었을 때 나는 프리다이버들이 혹시 죽고 싶어서 환장한 사람들이 아닐까 생각했다. 하지만 프리다이빙이 가진 위험 때문에 더 매력적으로 느껴진 것도 사실이다. 죽고 싶은 충동, 위험한 일을 저지르고 싶은 충동을 조절해준달까.

LMC나 BO를 겪지 않으려면 한계 내에서 다이빙하는 것이 매우 중요하다. 자기가 어디까지 갈 수 있을지를 스스로 알아차려야 한다. 다행히 나는 지금까지 다이빙을 하면서 LMC나 BO를 겪은 적은 없다. 가능하다면 평생 한 번도 겪지 않는 것이 바람직하다. 직접 겪은 적은 없지만 본 적은 많다. 흥미롭게도 다이버들은 수면 위로 올라오기 직전에 LMC나 BO를 겪는다.* 바다에서 수심을 겨루는 아웃도어 대회보다 1미터 수심의 실내 수영장에서 수평으로 갈 수 있는 거리를 겨루는 인도어 대회에서 BO를 더 자주 겪는다. 사람들은 믿는 구석이 있을 때 더 무리해서 자신의 한계를 시험하는 걸까. 프리다이빙은 절대로 혼자 해서는 안 되고 반드시 버디(함께 짝을 이루어 다이빙 하는 사람)와 함께해야 하는 스포츠인데, 그 이유는 이처럼 LMC나 BO처럼 위급한 상황에 대비해야 하기 때문이다.

BO를 겪는 사람은 수면 위로 올라오다가 갑자기 툭 몸에 힘이 빠지며 가라앉는다. 지켜보던 버디

---

* 수면 가까이에서 LMC나 BO가 일어나는 이유는 체내 산소 농도가 너무 낮아진 상태로 수면에 올라오면서 낮아진 수압에 산소 분압이 낮아지면서 뇌로 공급되는 혈액의 산소 포화도가 낮아지기 때문이다.

는 그 즉시 다이버를 물 밖으로 끌어 올려야 한다. 오른손으로 기절한 다이버의 목뒤를 지지하고, 왼손으로 마스크를 벗긴다. 다이버 눈 주위에 입바람을 후후 불며 뺨을 두드린다. 그러면 대체로 다이버는 금방 깨어나지만 BO가 왔을 때 제때 응급처치를 받지 못한 경우에는, 음… 심각한 결과를 맞을 수 있다. 대회에서는 특히 스스로를 한계까지 몰아넣는 다이버가 많다. 그렇기에 인도어 대회든 아웃도어 대회든 선수 한 명당 세 명의 세이프티 버디가 붙는다. 그래도 어쨌든 줄이 내려진 바텀까지 선수는 혼자 갔다 와야 한다. 다이버가 잠수를 하고 돌아오면 10미터 부근쯤에 세이프티 버디가 마중 나와 있다.

그날 하박김은 송도의 잠수 풀에서 처음으로 공기통 없이 깊이 잠수하는 법을 배웠다. 스태틱 앱니어와 다이내믹 앱니어를 해보고, 5미터 깊이의 잠수 풀에서 FIM과 CWT도 연습했다. 안 그래도 물속에 들어가는 순간 뭍에서와 달리 자유로움을 느끼는데 무거운 장비까지 빼니 움직임이 훨씬 더 자유로웠다. 잠수 풀은 수심 5미터, 길이 25미터, 폭 11미터, 즉 1,375세제곱미터 부피의 공간이었는데, 그 커다란 공간을 누리는 데에서 해방감을 느꼈다. 선생님은 이퀄라이징(equalizing, 압력 평형)을 꼭 당부했다. 그러

면 바다 전체가 놀이터가 된다고 했다. 무한한 크기
의 놀이터. 가슴이 터질 것 같았다.

케언스의 네일 숍

오키나와에 다녀오고 나서도, 프리다이빙 강습을 배우고 난 뒤에도 한동안은 제대로 바다에 다닐 수 없었다. 마음속으로는 늘 바다를 품고 지냈지만 꾸준히 다이빙을 연습할 돈도, 시간도, 차도, 버디도 없었다 (사람들한테 다이빙에 관한 말만 많이 하고 다녔다). 나는 분수에 맞지 않는 스포츠를 사랑하게 된 것이었다.

2018년 석사논문 심사에서 여러 번 떨어지고 난 뒤 경제적인 문제 때문에 더 이상 학업을 지속할 수 없다고 판단한 나는 급하게 언론사에 취직했다. 기자일은 재밌었지만 노동 시간이 너무 길었다. 마감 기간이 되면 주당 백 시간 넘게 일을 했다.

수습기자 한 달 만에 조직생활과 맞지 않음을 깨닫고 퇴사를 결심했지만 3개월 수습기자 생활은 마쳐보라는 제안에 설득되어 퇴사에 실패했다. 세 달이 지나 다시 퇴사하겠다고 말했더니 이왕 수습기간을 마친 김에 한두 달 정도 팀 상황이 나아지기를 기다려보는 게 어떻겠냐는 제안에 설득되어 이번에도 퇴사에 실패했다.

6개월쯤 되자 더 이상 친구도 가족도 만나지 않으며 지내게 되었다. 그들과 나눌 정서적 에너지가 남아 있지 않아서였다. 다 같은 노동자일 뿐인데 모두가 서로를 감시하는 분위기, 왜 지켜야 하는지 알수 없는 수많은 규칙들… 그런 생활을 고작 10개월쯤 했을까, 출근길 지하철 안에서 같은 칸에 있는 사람들을 모조리 기관총으로 쏴 죽이는 상상을 하는 나를 발견했다. 그러면서도 회사 생활에는 나름의 관성이 생겨서 이렇게 불평하면서 퇴직할 때까지 다닐 수도 있을 것 같았다.

연말이 되자 입사 후 처음으로 긴 휴가를 쓸 수 있었다. 그간의 고된 노동에 대한 보상 심리가 생겨서 얼마 저축하지도 못한 돈을 왕창 쓰고 싶었다. 여행지는 그레이트 배리어 리프(Great Barrier Reef)*가 있는 호주 케언스로 정했다. 체력이 떨어져 프리다이빙을 할 엄두가 나지는 않았고 편안하게 산호 구석구석을 돌아볼 수 있는 스쿠버다이빙을 하고 싶었다. 배를 타고 나가서 다이빙을 하는 보트 다이빙 일정으로만 여행 계획을 짰다.

끝내주는 날씨로 알려진 케언스였지만 내가 공항에 도착하자마자 비가 쏟아지기 시작했고 4박 5일

---

* 세계적으로 유명한 하트 모양의 암초가 있는 산호초 군락.

의 여행 기간 내내 멈추지 않았다. 큰맘 먹고 전망 좋은 방을 예약했는데 호텔 직원은 내게 1층을 배정해 주었다. 그마저도 나무로 가려 있어 창밖으로 보이는 게 없었다. 이거 인종차별 아냐? 그렇지만 항의할 기운이 없었다. 여행을 오기 위해 휴가 직전까지 무리해서 일하는 바람에 여행지에서 그만 몸이 축나고 만 것이다.

그래도 바다는 가야겠기에 다음 날 예약해둔 배를 타러 꾸역꾸역 해변으로 나갔다. 꽤 커다란 배에 올라타자마자 선원들이 작은 종이봉투를 모두에게 나누어주었다. 여기다가 토하면 된다고 했다. 배는 출발할 때부터 심하게 들썩였다. 바다로 나가니 비바람은 더욱 거세졌다. 배 크기와 거의 비슷한 높이의 파도가 배의 옆면을 세차게 때렸다.

승선한 지 얼마 안 되어 뱃멀미가 나기 시작했다. 도저히 견딜 수가 없어서 갑판으로 나갔는데 세계 각국에서 온 다양한 피부색의 남녀노소 다이버들이 모두 새하얗게 질린 채로 갑판 위에 널브러져 있었다. 갑판 가운데에는 토물 봉투를 버리는 커다란 드럼통이 있었다. 파도로 배가 들썩일 때마다 드럼통도 끼익거리는 소리를 내며 아슬아슬 흔들렸다. 우리는 돌림노래를 부르듯 번갈아가며 토했다. 토물을 봉투에 예쁘게 담아 드럼통에 갖다 버리고 비틀거리며 자리로 돌아오면 배에 부딪힌 파도가 기분 나쁘도록 강하게 산발적인 물보라가 되어 뺨을 때렸다. 파도가 심하게 치니 배는 쉽사리 정박하지 못했다. 흔들리는 파도 위에 젖은 몸을 맡기며 나는 속으로 되뇌었다. '살려줘… 아니 죽여줘….' 의자에 모로 누운 채로 누군가 머리를 세게 쳐서 기절시켜주기를 바랐다. 끊임없이 가상의 밸런스게임을 했다. '지금 이 상황에 머물기 vs 수명 20년 단축되기', '지금 이 상황에 머물기 vs 평생 여행 못 하기'.

마침내 어찌저찌 배가 자리를 잡고 멈추었고 우리는 공기통을 메고 바다로 들어갔다. 하강해 바닷속에 있으니 오히려 멀미가 잦아들었다. 하지만 말이 잘 통하지 않는, 처음 만나는 사람들과 좋지 않은 컨디션으로 다이빙을 하기가 쉽지 않았다. 폭풍우가 바다를 헤집어놓아 시야가 3미터도 채 되지 않는 듯했다. 바다에서 더듬더듬 사람들을 놓치지 않으려고 애쓰며 따라가다가 문득 낯선 기척을 느끼고 옆을 바라보았다. 상어 두 마리가 나를 정면으로 바라보고 있었다. 순간 컴퓨터그래픽인가 생각했다. 멍하니 보고 있는 동안 사람들이 앞을 향해 멀어졌다. 상어는 곧 반대 방향으로 멀어졌다. 상어를 따라갈까, 잠시 고민했지만 사람들을 놓칠 것 같아 관두었다.

그레이트 배리어 리프는 인터넷 검색으로 사진을 보며 기대한 것과 달랐다. 오색 빛깔 찬란해야 할 산호는 백화현상을 겪어 대부분 죽어 있었고 나이키 신발과 5백 밀리리터짜리 플라스틱 물통이 바다에 떠다녔다. 바다는 눈에 띄게 악화하고 있었다. 상어를 보았다는 것이 유일한 기쁨이었다.

바다 상황이 좋지 않아 우리는 배 위로 금방 올라왔다. 이날의 구토 다이빙은 케언스에서의 처음이자 마지막 다이빙이 되었다. 폭풍우 때문에 남아 있던 사흘간의 다이빙 일정이 모두 취소됐기 때문이다.

축축한 몸을 이끌고 우버를 불러 호텔로 돌아가는 길, 날은 벌써 어둑해지고 몸은 녹초가 되어 있었다. 우버 드라이버는 시시껄렁한 대화를 걸어오더니 호텔 입구로 들어가는 길 앞에서 차를 세우고 자기가 케언스에 좋은 곳을 아는데 같이 가서 시간을 보내지 않겠냐고 제안했다. 싫다고 말했는데도 포기하지 않고 여러 번 졸랐다. 몇 번의 실랑이 끝에 호텔에 무사히 내려주기는 했지만 이미 나는 케언스라는 공간에서 안전하다는 감각을 잃어버리고 만 상태였다.

호텔로 돌아오니 문득 이곳에 나 혼자 있다는 사실이 외롭고도 두렵게 느껴졌다. 여행을 어떻게든 살려보려고 저녁으로 근처 고급 레스토랑을 예약했다. 코스 요리를 주문하고 와인도 페어링해서 시켰다. 호주 태즈메이니아에서 재배한 포도로 만든 화이트와인이 나왔다. 간에 기별도 안 갈 만큼 조금씩 내오는 음식들을 하나씩 천천히 맛보는 동안 나는 바다를 앞에 둔 이 고급스러운 레스토랑에서 혼자라는 사실만 점차 뚜렷하게 지각했다. 사람들이 웃고 떠드는 소리가 나를 둘러쌌다. 섬세한 음식을 한 입씩 먹을 때마다 내 기분도 한 입씩 처참해졌다. 이 여행은 구제불능이었다.

나는 돌아가는 일정을 하루 앞당겼다. 이제 하루만 더 버티면 한국으로 돌아갈 수 있었다. 다음 날 나는 호텔 바깥으로 한 발자국도 나가지 않고 방에만 머물렀다. 그다음 날에는 일찍 체크아웃을 하고 호텔에 짐을 맡겼다. 비행기 시간이 될 때까지 어디서든 어떻게든 시간을 보내야 했다.

쇼핑몰에 갔다가 문득 핑크빛으로 외관을 꾸민 네일 숍을 발견했다. 슬쩍 들여다보니 안에는 나처럼 생긴 아시아 여자들이 많았다. 짤랑, 문을 열고 들어갔다. 문소리와 함께 향기롭고도 인공적인 화장품 냄새와 촌스럽고 때 묻은 인테리어, 알아들을 수 없는 언어로 끊임없이 수다를 떠는 여자들의 대화 소리가 한꺼번에 들이닥쳤다. 그 모든 요소에 순식간에 안도감을 느꼈다. 나는 부탁했다. "여기서 제일 시간이 오래 걸리는 걸로 해주세요."

　그곳에서 세 시간은 머물렀던 것 같다. 부드럽고 조심스럽게 내 손을 만지는 낯선 동양 여자. 그들의 몸짓에 배어 있는 타인이 느낄 경험에 대한 배려. 혹여나 다칠까 봐 조심스러운 손길. 더 편하게 해주기 위한 질문들("여행 오셨나요? 혼자요?"). 동료와 주고받는 농담들. 생활감이 깃든 공간이 주는 편안함. 그리고 누군가 나를 만져준다는 기쁨. 아시아 여자들이 운영하는 분홍색 네일 숍이 내가 케언스에 머무는 동안 소속감과 안전함을 느낀 유일한 곳이었다. 그렇게 빨간색 인조 손톱을 붙인 채로 집에 돌아왔다. 손톱이 어찌나 튼튼한지 두 달은 갔다.

물표범baby

프리다이빙은 반드시 함께 다이빙을 하는 버디가 있어야 하는데 상황과 마음이 맞는 버디를 찾기가 무척 어려웠다. 프리다이빙 입문 강습까지는 함께했지만 진과 준은 다시 스쿠버다이빙으로 돌아갔다. 왜 굳이 숨을 참아야 하냐며. 반면에 나는 스쿠버다이빙보다 프리다이빙에 더 큰 매력을 느꼈다. 약간은 고통스럽다는 점이 이상하게도 나를 더 매혹시킨 것 같다.

프리다이빙을 함께할 버디를 찾기 위해 각종 동호회에 가입하여 어떻게든 끼어보려고 했지만 사람들과 어울리기가 쉽지 않았다. 무엇보다 술을 마시는 뒤풀이 자리가 싫었다. 뒤풀이 자리에서 누군가 내게 나이를 묻거나 술 마시기를 강요하거나 집에 가지 말라고 어깨에 손을 두르는 일이 생기곤 했다. 그러고 나면 다시는 그 동호회에 나가지 않았다. 그러다 내 다이빙 인생에 '물표범baby'가 등장했다.

그는 내가 태어나기 전부터 이 세상에 있어온 존재, 나의 친오빠다. 어느 날 내가 수심이 깊은 수영장에서 프리다이빙을 하는 모습을 보고 난 뒤에 자기도 마음이 동했는지 오빠는 동호회에 가입해 프리다이빙을 시작했다('물표범baby'는 그가 활동하는 프리다이빙 동호회에서 사용하는 별명이다). 이는 우리 가족 모두에게 놀라운 일이었는데 오빠는 어려서부터 겁쟁이로 유명했기 때문이다. 물도 불도 무서워하던 어린이였고, 할머니 집에 맡겨져 엄마와 떨어져 자는 날이면 밤새 우느라 할머니를 고생시키는 아이였다. 내가 이런 이야기를 많은 사람들 앞에서 말하면 오빠는 1초 정도 표정이 굳었다가, 오빠의 표정을 살피며 내가 말실수를 한 것일까 걱정하는 사이, "그때 냉장고 소리가 너무 무서웠어"라고 말하는 사람이었다. 한번은 엄마가 나와 오빠를 번갈아 쳐다보더니, "얘야, 미나 보다가 너를 보니 괴물 같다"라고 말했다. 나는 순간 헉 하고 오빠 표정을 살폈는데 오빠는 굳은 표정을 금방 지우고서는 "어머니…" 하고서 진짜 괴물 같은 표정을 지어 보였다.

커갈수록 나는 오빠의 그런 면을 존경하게 되었다. 쓸데없는 자존심을 부리지 않고, 있는 그대로 상황을 받아들이고, 때로는 가볍게 넘길 줄도 아는 사람. 그런 오빠가 프리다이버로서 나보다 실력이 빠르게 는 것은 당연한 일일지도 모른다. 프리다이빙은 기본적으로 마음이 평화로운 사람이 잘할 수 있는 운동이니까.

적절한 때와 장소, 버디를 만나지 못해 고전하는 나와 달리 오빠는 마음 맞는 사람들을 빨리 찾아냈고 함께 전국 곳곳의 바다를 다니며 수심을 쑥쑥 늘려 갔다. 바다에 다녀와 개인 기록을 세울 때면 오빠는 약간 흥분하여 나에게 메시지를 보냈다.

물표범baby

> 30미터 바텀 부근에 초대형 해파리
> 열 마리 잇엇음 대박이야

> 우주 온 느낌

> 대박이다

대박 듣기만 해도 오싹

물표범baby

> 응 진짜 대박임

휴

물표범baby

> 완전 어두워 그리구

헐 무서오 ㅠㅠ

이런 대화는 나의 수심에 대한 욕심을 자극했다. 깊이 내려가면 무엇이 있을까? 어떻게 다를까? 더 어둡고 차갑겠지? 30미터를 내려갔는데 눈앞에 커다란 물고기가 있으면 어떡하지? 패닉에 빠지지는 않을까? 깊게 내려갈수록 의식 상태가 달라져 몽롱해진다던데 정말일까?

　　오빠는 나에게 수심에 대해 자주 으스댔고 덕분에 내 마음에도 다시 불꽃이 붙었다. 무엇보다 중요한 건, 그토록 바라던 버디가 생긴 것이다. 오빠와 함께 풀장을 다닐 수 있게 되었으니까.

　　친오빠와 함께 같은 취미를 공유한다는 것은 좋으면서도 싫은 일이다. 열일곱 살 이후로 같이 산 적이 없는 오빠와 접점이 생긴 점은 좋다. 싫은 건 멋진 척 예쁜 척할 수 없다는 점이다. 뭘 하든 우스워진다. 풀장에서 내가 비키니 상하의에 래시가드를 입고 웨이트벨트를 허리에 매고 '지금의 내 엉덩이 꽤나 섹시할지도?'라고 생각하며 걸으면 뒤에서 걷던 오빠가 나를 추월해 오며 "너 지금 되게 웃겨…" 하고 씩 웃으며 지나간다.

　　오빠는 여러 면에서 나를 가볍게 만든다. 비장한 마음이 될 때마다, 대단한 사람으로 보이고 싶을 때마다 오빠가 나를 보고 미소를 지으며 말하는 모습이 그려진다.

"미나야, 너 지금 되게 웃겨…."

밍 언니

오빠 덕분에 마음이 맞는 버디들을 만났다. 전라도 지역을 기반으로 활동하는 동호회 사람들이었다. 그 중에서 오빠는 내게 '밍 언니'라고 부르는 선생님을 소개해줬다. 군대 간 아들을 둔 중년의 남성이지만 언니처럼 사람들을 잘 챙긴다고 해서 밍 언니라는 별명이 붙었다. 오빠는 밍 언니가 프렌젤을 아주 잘 뚫는다고 했다.

애증의 프렌젤(Frenzel). 프렌젤이 무엇인지를 소개하려면 수심 변화에 맞춰 다이버가 하는 이퀄라이징에 대한 설명이 필요하다. 다이버가 수심 깊이 들어갈수록 수압이 높아져 몸 안에 있는 공기 공간의 부피가 줄어든다. 특히 중이에 있는 공기의 부피가 압축되면서 고막을 잡아당겨 귀에 통증을 느끼게 된다. 따라서 내려갈 때마다 다이버는 이퀄라이징이라고 부르는 행위를 통해 고막을 자주 살짝 밀어줘야 한다. 이퀄라이징을 하지 않고 내려가면 고막이 다칠 수 있다.

이퀄라이징에는 여러 방법이 있는데 스쿠버다이빙의 경우에는 코를 잡고 "흥!" 하고 불어주는 발살바(Valsalva)를 주로 쓴다. 나 역시 이퀄라이징 방법으로 발살바를 먼저 배웠다. 문제는 프리다이빙의 경우 발살바로 내려갈 수 있는 수심에 한계가 있다는 것이다. 발살바는 한 번 할 때마다 배 가슴 어깨 등에 힘이 들어가고 할 때마다 폐의 공기를 소모한다. 장비를 통해 공기를 계속 보충할 수 있는 스쿠버다이빙에서는 발살바로 이퀄라이징을 해도 상관없지만 프리다이빙에서 발살바처럼 공기와 에너지 소모가 큰 방식으로 이퀄라이징을 하면 숨이 부족해 15미터 이상 내려가기 어렵다. 하여 더 깊이 내려가기 위해서는 프렌젤을 배워야 했다.

프렌젤은 혀 뒷부분을 피스톤처럼 움직여 입과 코 사이에 있는 공기만으로 고막을 밀어내는 방법이다. 몸의 힘을 덜 쓰고도 짧고 간결하게 여러 번 반복할 수 있다. 요컨대 숨을 더 효율적으로 쓸 수 있다. 프렌젤을 하려면 후두개를 막고 연구개는 중립으로 둔 뒤 혀와 목 근육을 써서 공기를 밀어 올리면 된다. 도대체 무슨 말이냐고? 나도 모르겠다. 직접 열어서 눈으로 볼 수도 없는 입과 코 사이의 복잡한 공기 공간을 운용하는 방법을 배우는 데 몇 년이나 걸렸고 아직까지도 배우고 있다.

당시 나는 조금씩 프리다이빙 수심을 늘려가고 있었는데 프렌젤을 잘하지 못해 10미터에서 더 내려가지 못하고 고전 중이었다. 오빠는 그런 나를 위해 프렌젤 잘 뚫기로 유명한 밍 언니를 소개해준 것이다.

밍 언니와 나는 가평의 26미터 잠수 풀에서 처음 만났다. 밍 언니는 나를 보자마자 어깨에 손을 두르고 말했다. "네가 미나구나! 얘기 많이 들었어. 야 너는 실물이 훨씬 예쁘다." 서울깍쟁이인 데다가 여성운동의 젊은 주역이었던 나로서는 처음 보자마자 반말과 스킨십, 외모 평가까지 한꺼번에 하는 밍 언니가 새롭고 낯설었다. 어쩐지 밍 언니의 침범이 하나도 싫지 않았다. 실물이 훨씬 예쁘다니 진실을 말하는 사람 아닌가. 그날 26미터 잠수 풀에서 밍 언니는 내 이퀄라이징의 여러 문제를 파악했다. 누구도 그렇게 내 곁에서 오래 관찰하며 프렌젤을 분석해준 사람은 없었다. 나는 신이 나고 감사해서 부이(buoy)* 아래로 내려진 줄을 잡고 이런저런 방식으로 프렌젤을 시도해보았다. 내려가려고 어찌나 바락바락 애썼던지 다이빙을 마치고 보니 눈 주변이 호빵처럼 부어 있었고 실핏줄이 여기저기 터져 있었다.

* 프리다이빙 훈련을 할 때 물 위에 띄워놓는 일종의 부표. 튜브 모양으로 생겨 부력이 좋아 바다나 잠수 풀 위에 설치해두고 그 아래 줄을 내려 수심 훈련을 한다.

밍 언니는 첫 만남 이후로 나를 살뜰하게 챙기며 내가 프리다이빙을 일상에 더 가까이 두고 살 수 있도록 버디를 만들어주고 이퀄라이징을 연습시켰다. 일주일에 서너 번씩 밍 언니와 통화하면서 배에 힘이 들어가지 않은 채로 혀뿌리 근육을 움직이고 있는지, 입안 공기가 효율적으로 쓰이고 있는지, 코를 잡고 프렌젤을 시도할 때 콧등에 볼록볼록 공기가 채워지는지 등을 함께 체크했다. 나는 작업실 책상 옆에 "하루 프렌젤 연습 천 번!"이라고 써놓고 일하는 틈틈이 혼자 코를 잡고 프렌젤을 연습했다. 앉아서도 하고 서서도 하고 침대에 누워서도 했다. 잠수 풀에 가게 될 날을 기다리고 걱정하며 그렇게 프렌젤을 연습했다. 무엇보다 내 일상에 침투한 밍 언니의 프리다이빙 돌봄이 기꺼웠다.

밍 언니를 만난 2021년은 여성 우울증을 주제로 한 첫 책의 초고를 한창 쓸 때였다. 작업이 무척 고통스러웠기에 운동을 열심히 했고 음식도 단백질이 풍부한 식단 위주로 가려 먹었다. 본능적으로 이 시기를 잘 통과하려면 몸이 튼튼해야 한다고 판단했던 것 같다. 책을 쓰는 동안 아무리 바쁘더라도 꼭 시간을 내서 물에 갔다. 적어도 한 달에 한 번은 26미터 풀장이나 바다에 갔다. 일상의 대부분을 혼자 머릿속 세계에 빠져 보냈기에 균형을 잃지 않기 위해서라도 물에 들어가는 시간이 꼭 필요했다. 그러지 않으면 현실과의 접점을 잃어버릴 것만 같았다. 머릿속 세계에서 나를 잃어버릴 것만 같았다. 물은 현실 세계와 나 사이를 이어주는 랜야드였다.

한번은 밍 언니와 가평 잠수 풀에서 훈련을 했다. 잠수 풀에 입장하기도 전에 나는 끊임없이 걱정했다. 프렌젤이 안 되면 어떡하지, 이번에도 수심을 못 타면 어떡하지, 샤워를 하고 슈트를 갈아입으면서도 걱정했다. 걱정하면서 사실은 오늘도 안 될 거라고 생각했다. 그때까지 한 번도 프렌젤에 성공한 적이 없었기 때문이다.

풀장에 들어갔는데 생각은 현실이 되어 수면에서부터 프렌젤이 되지 않았다. 수면에서 되지 않으니 당연히 물속에서도 안 됐다. 물 밖에서 그렇게 열심히 연습했는데 또 프렌젤에서부터 막히다니. 나는 계속 시도했고 계속 실패했다. 정신없고 당황스럽고 속상했다. 입수한 지 30분도 안 되어 집에 가고 싶어졌다. 저 그냥 프리다이빙 포기할게요, 하는 말이 턱끝까지 차올랐다. 둘 다 기운이 빠져 있던 그 순간 밍 언니가 내 표정을 살피더니 읊조리듯 말했다.

"미나야, 나 진짜 잘 뚫어⋯."

그 말을 듣고 나는 웃음이 빵 터졌다. 전혀 예상
하지 못한 말이었기 때문이다. 어쩌면 나는 혼날 준
비를 하고 있었을지도 모른다. 스스로 계속 다그치고
있었으니까. 나는 나한테 계속 실망하는 중이었다.
그 와중에 들은 밍 언니의 그 말 한마디가 무척 위로
가 됐다. 누군가 내 실패에 책임을 느낀다는 것이, 그
짐을 같이 들고 있다는 사실이 위로가 됐다. 그러고
보면 나는 나를 기다려준 적이 별로 없었다. 밍 언니
가 계속 격려해주지 않았다면 그날의 다이빙도 여기
까지라고 생각했을 것이다.

입수하고 두 시간 정도 지났을까. 목 근육 외에
턱의 움직임, 볼의 볼록거림 등 쓸데없는 동작들이
줄면서 조금씩 이퀄라이징이 되기 시작했다. 밍 언니
의 이야기를 가만히 듣고 보니 사실은 전부터 이퀄라
이징이 되고 있었는데 내가 몰랐던 거였다. 고막이
열리는 느낌의 기준을 높게 잡다 보니 긴장하며 너무
강박적으로 꼼꼼히 이퀄라이징을 하느라 실제로 문
제없이 하강하고 있다는 걸 몰랐던 거였다. 밍 언니
는 내게 말했다.

"예측하지 마. 결과를 예측하면 퍼포먼스를 망
쳐. 이번엔 얼마만큼 해야지, 이번엔 얼마만큼 할 것

같아, 이번엔 얼마만큼 하고 싶어, 이런 생각이 지금의 릴렉스를 깨뜨려.”

미래를 앞당겨서 현재를 망치지 말란 얘기였다. 그날 마지막 잠수 전 밍 언니는 세이프티 버디인 자기를 믿고 한번 끝까지 내려갔다 와보라고 했다. 나는 밍 언니를 믿고 내려갔고 그날의 최고 수심인 15미터를 편안하게 다녀왔다.

프리다이빙을 하면 할수록 내가 얼마나 자신을 믿지 못하는 사람인지를 알게 됐다. 오랫동안 붙들고 있던 첫 책을 출간하고 열흘 뒤 나는 밍 언니와 물표범baby와 함께 욕지도로 1박 2일 훈련을 갔다. 더 높은 수준의 자격증을 따기 위해서였는데 합격하려면 24미터를 다녀와야 했다. 우리는 이틀간 세 번의 다이빙을 했다. 첫째 날 나는 다시 이퀄라이징 문제로 10미터도 하강하지 못했다. 밍 언니는 다시 나를 붙들고 프렌젤을 가르쳤다.

“지금 잘하고 있어. 문제가 없어. 내려가지 못할 이유가 없어.”

그렇지만 바다에서 머리를 거꾸로 박고 하강하기만 하면 이퀄라이징이 되지 않았다. 바다에 둥둥 떠서 물속으로 내려진 로프를 보며 준비호흡을 하는 동안 내 안에 불신이 가득 차는 걸 느꼈다. 난 못 내려갈 거야. 난 이퀄라이징을 못하니까. 난 운동을 못하니까. 머릿속에 20미터 이상을 들어가는 나를 상상할 수가 없었다. 10미터, 15미터 언저리에서 얼쩡대다가 나오겠지, 미리 짐작하고 들어가는 나만 있었다.

그날 밤 밍 언니는 내시경 카메라를 구해서 내 고막을 내가 직접 확인하게 해주었다. 프렌젤을 할 때마다 고막이 부풀어 올랐다. 밍 언니의 고막보다도 더 강하게 부풀어 올랐다. 이퀄라이징에는 정말로 문제가 없었다. 내려가지 못할 이유가 하나도 없었다. 연습도 충분히 되어 있었다. 그런데 스스로 내려가지 못할 거라고 생각하니까 진짜 못 내려가는 거였다. 어느 순간 여기까지라고 생각하고 자꾸 단념하고 올라와버리기를 반복했다.

다음 날 다이빙에서는 수심이 약간 늘기는 했지만 20미터가 최선이었다. 최종 목표였던 24미터는 결국 들어가지 못했다. 그날 바다에서 나는 처음으로 일 생각을 했다. 부이를 잡고 반쯤 잠든 느낌으로 준비호흡을 할라치면 뒷덜미로 온통 책에 대한 걱정이 몰려왔다. 사람들이 어떻게 읽을까? 내가 실수한 것은 없을까? 인용을 제대로 못 한 곳이 있지는 않을까? 책에 대한 생각을 떨쳐낼 수가 없었다.

여러 번 시도해도 나는 24미터를 갈 수가 없었다. 힘을 내서 가려고 애쓸수록 더 갈 수가 없었다. 프리다이빙은 책을 쓰는 일과는 달랐다. 지친 몸을 무시하고 억지로 끌고 가서 해낼 수 없는 일이었다. 지금까지 나는 의지로, 최선을 다해서, 스스로 몰아붙여서 무언가를 성취하는 것에 익숙했다. 프리다이빙은 그렇게 해서는 앞으로 나아갈 수 없었다. 힘을 줘서 움켜잡을 수 없는 게 바다였다.

나는 마지막 시도를 하겠냐는 밍 언니의 말에 고개를 저었다. 포기하겠다고 말했다. 더 이상 나를 밀어붙이고 싶지 않았다. 오랫동안 계속 그래왔기 때문이다. 세이프존을 벗어나 어렵고 고단한 환경에 스스로를 갖다두고 힘들어하며 크는 걸 그만하고 싶었다. 다른 방식으로 성장하는 법을 배워야 할 때라는 걸 직감했다.

욕지도에서 보냈던 9월의 그날. 바다로 나가는 아침 파도나 조류가 세지는 않은지 걱정하며 "오늘 바다 좋아요?" 묻는 나에게 밍 언니는 말했다. "바다는 항상 좋아. 우리가 안 좋을 뿐이야." 맞다. 바다는 항상 좋다. 매번 나만 허둥댈 뿐이다.

태양의 딸

하와이로 떠나기 전 나는 한국에서 일어난 많은 일들에 질릴 대로 질려 있었다. 2021년 9월 몇 년에 걸쳐 작업하던 첫 책이 출판됐다. 젊은 여성의 우울증을 다룬 책으로 2016년 시작한 페미니스트 활동가 단체 페미당당에서의 경험, 석사학위를 밟는 동안 공부한 정신의학(정확히는 여성과 광기)의 역사, 그리고 학교 밖에서 만난 서른한 명의 인터뷰이와의 대화가 종합된 결과물이었다.

책을 쓰는 동안 한 명의 인터뷰이가 스스로 세상을 떠났다. 한동안 글을 쓸 수 없었다. 이렇게 답장했으면 달랐을까, 저렇게 행동했으면 달랐을까, 여러 가정을 하게 됐다. 어느 날 정신과 상담에서 이 이야기를 하자 선생님이 말했다.

"누군가가 고통에 처해 있다면 할 수 있는 한 끝까지 도와야겠죠. 하지만 삶과 죽음은 인간의 손을 떠나 있는 일이에요. 누군가의 삶을 내가 좌지우지할 수 있다고 생각하는 건 굉장히 오만한 생각입니다."

그리고 선생님은 의사로 일을 하면서 겪은 여러 상실에 대해 들려주었다. 쉽지 않았지만 삶과 죽음이 자연에 속한 일이고 내 통제 밖의 영역이라는 것을 천천히 받아들였다. 하지만 같은 일이 또 생길까 봐 두려웠다. 나는 겁 없이 서른여 명의 아픈 사람들과 인연을 맺어버린 것이다.

책 작업을 하는 동안 나는 자주 숨을 쉬기가 어려웠고 그럴 때면 CO_2 테이블*을 했다. 숨을 참는 동안 머릿속으로 내가 말미잘 안에 숨어서 휴식을 취하고 있는 흰동가리라고 상상했다. 바다에 가서 숨을 참으며 잠수를 하고 돌아오면 일상에서 더 숨을 잘 쉴 수 있었다. 때로는 바다에 다녀오는 일이 몸을 열어 영혼을 되찾아 오는 일로 느껴지기도 했다.

마침내 책이 출간되고 이제 우울증이라는 주제를 떠나보낼 때라고 생각할 즈음 본격적인 책 홍보 기간이 시작됐다. 막 첫 책을 낸 조무래기 작가로서 나는 불러주는 거의 모든 곳에 얼굴을 비치며, 내게는 한차례 마무리된 이야기지만 독자에게는 이제 시작된 이야기들을 반복해서 증언했다. 전국을 돌며 행해진 북토크는 살풀이 굿판 같았고 행사가 끝난 뒤에도 여자들은 쉬이 자리를 떠나지 못했다. 소셜미디어나 이메일, 편지로는 낯선 이들이 자신의 우울과 자살사

---

* 체내 이산화탄소 내성을 기르는 인터벌 트레이닝이다. 일정한 시간 동안 숨을 참고 또 일정한 시간 동안 휴식을 취한다. 매 회차마다 같은 시간 동안 숨을 참되, 휴식을 취하는 시간은 점점 짧게 설정해 혈중 이산화탄소 농도가 높아져도 이에 몸이 점차 적응하도록 하는 훈련이다.

고에 관해 토로하는 메시지를 자주 받았다. 책을 쓰는 동안 총동원했던 기력을 다시금 끌어 쓰는 동안 낯빛이 어두워지고 머리카락이 빠지기 시작했다.

여성 우울증에 관해 사람들이 이야기를 들어주고 여기에 반응하여 또 다른 이야기가 새로 탄생하는 것을 보는 것이 진심으로 기쁘고 감사했다. 그것이 책을 쓴 이유였기 때문이다. 한편으로는 조금씩 난처해졌는데, 지치기 때문이기도 했지만 무엇보다 책을 내는 과정에서 나의 오래된 우울이 얼마간 해소되어 버렸기 때문이다. 나와 같은 사람들을 만나 이야기를 듣고 그들의 이야기를 글로 쓰고 그것이 출판되고 책으로 읽히는 과정은 마치 어둡고 축축한 것들을 햇빛에 말려 건조시킨 뒤 민들레 홀씨 불듯 후, 하고 세상밖으로 날려 보내는 것과 같았다. 이제 내게 남은 건한낮의 태양처럼 밝고 경쾌한 것들이었다. 그것들은 자기도 나의 일부이니 이제 이쪽을 좀 볼 차례라고 말하고 있었다.

책을 내고 다음 해 1월 나는 정신과 선생님과 상의 하에 7년간 먹었던 조울증 약을 단약하기 시작했다. 이후에 상태를 관찰하기 위해 한 달에 한 번씩은 상담을 지속하다가 9월에는 선생님의 판단으로 치료를 종결했다. 선생님은 마지막 상담에서 웃으며 나를 보고 말했다. "괜찮으실 것 같아요." 내 고통은 어느 순간 멎었다. 당연히 일상에서 때때로 부정적인 감정을 경험했지만 자살 충동, 절망, 공허함, 우울, 불안이 낮게 깔린 배경음악처럼 은은하게 일상을 채우던 예전과는 완전히 달랐다. 어떻게 그런 일이 가능했을까. 그토록 오랫동안, 마치 태아 때부터 가지고 산 것만 같던 공허함이 어떻게 갑자기 사라져버렸을까. 책을 내서? 경제적으로 더 안정이 되어서? 활동가로서 사회에 정치적인 참여를 해봐서? 언제든 다른 해석이 가능하겠지만 지금의 나는 이렇게 생각한다. 더 이상 저마다의 행복과 불행에 무관할 수 없는 서른여 명의 사람들과 인생이 엮인 덕분이라고 말이다. 그들이 나를 세상과 다시 연결해주었기 때문이라고 말이다.

인천에서 호놀룰루로 떠나는 비행기 안에서 마지막으로 확인한 것은 내가 출연한 유튜브 영상에 수백 명의 사람들이 몰려와 악성댓글을 다는 모습이었다. 당시 한국은 대통령 선거를 앞두고 있었고 캐스팅보터로 지목된 젊은 여성들과 젊은 남성들의 대립은 갈수록 심화되고 있었다. 코로나 이후로 젊은 여성의 자살률이 급격히 치솟았기에 나는 여성의 우울증과 높은 자살률에 대해 이야기할 상대로 유력한 대선 후보인 이재명 후보를 만나게 되었다. 그리고 그 후보는 페미니스트 친화적인 매체에서 페미니스트를 만난다는 이유만으로 화제가 되고 선거 전략에 절대적으로 유리하지 않은 행보를 보인다며 지지자들에게 큰 비난을 받았다.

나는 후보와 좋은 대화를 나눴다고 생각했다. 우리가 같은 감수성을 공유하지 못해도, 같은 의견을 갖지 않아도, 만나서 대화를 나눈 것은 그 자체로 고무적이었다. 희망차게 느껴지기까지 했다. 그러나 아무것도 듣지 않은 채 욕설과 조롱만을 반복해서 올리는 댓글들만 계속되자 나는 결국 영상을 다 보지 못하고 껐다.

호놀룰루 공항에 도착하자 나의 글쓰기 선생님이자 동료인 현이 마중 나와 있었다. 현은 내게 레이를 걸어주었다. 레이는 하와이에서 환영의 의미로 목에 걸어주는 화환이다. 플루메리아로 만들어진 레이에서 믿을 수 없을 정도로 향기로운 꽃향기가 퍼졌다. 하와이의 태양은 뜨거웠고 거리의 나무들은 레고 블록처럼 올곧고 짙푸르렀다.

호텔에 체크인을 했다. 노트북을 열자 인터뷰 요청이 와 있었다. KBS 라디오에서 대통령 후보와의 만남에 관해 인터뷰를 하고 싶다고 했다. 나를 제외

한 다른 출연진과 제작진은 인터뷰를 거절했다고 했다. 이해가 갔다. 나도 부담스러웠다. 하지만 젊은 여성으로서 간신히 얻은 발언권을 소중하게 사용해야 할 것 같았다. 나는 호눌룰루의 낡은 호텔에서 생방송으로 전화 인터뷰를 마쳤다. 해당 내용은 바로 기사화됐다. 예상치 못한 일이라 놀랐다. 그리고 두려웠다. 그날 밤 나는 참지 못하고 해서는 안 될 짓을 저질렀다. 유튜브와 트위터, 각종 기사에 달린 여러 못된 댓글들을 모조리 찾아 읽은 것이다.

나의 공적 자의식은 비대해졌다. 사람들이 나를 어떻게 바라볼지를 과도하게 걱정하기 시작한 것이다. 몸은 하와이에 있지만 마음은 여전히 한국에 있었다. 그래서 매일 바다에 갔다. 바다에 가서 아무것도 하지 않고 끊임없이 밀려오는 파도를 보았다. 마음이 약해지면 현이 준 레이에 코를 박고 꽃향기를 맡았다. 언뜻 보면 같아 보이지만 단 한순간도 같지 않은, 유연하게 차오르다 흩어지는 물을 봤다. 파도는 모래사장을 훑고 지나가며 아이들이 만들어놓은 모래성을 무너뜨렸다. 파도가 한 일로 우는 아이는 없었다.

나는 한국에서 몇 년간 고군분투하며 세워놓은 모래성을 쓰러뜨리고 싶다고, 파도가 다 쓸어가버렸으면 좋겠다고 생각했다. 그러고 나면 축축해진 모래로 다시 다른 모래성을 쌓는 거다. 그리고 그 모래성도 다음 파도에 보낸다. 또 다음 모래성을 짓는다. 내게 남는 건 모래성이 아니라 모래성을 지을 때 느끼는 순수한 기쁨뿐이다. 그것만을 위해 짓는 연습을 하는 거다. 아이들이 놀이를 할 때 그러하듯이.

내 마음을 들여다보고 인정하고 싶지 않았던 것을 인정했다. 나는 한국 사회에 상처받았다. 그런데 누가 나에게 상처를 줬지? 누구도 나한테 상처를 준 적이 없다. 나 혼자 상처받았다. 내 순진한 기대 때문에. 노력하면 반응이 있을 거라는, 더 나은 결과가 있을 거라는, 알아주는 이가 있을 거라는, 아무도 약속한 적 없는 것을 혼자 기대하느라고. 아무도 비난하고 싶지 않았다.

호놀룰루에서 발걸음이 가장 빠른 사람은 나인 듯했다. 마트 캐셔는 바코드를 찍다가 중간에 멈춰서서 옆자리에 있는 동료와 담소를 나눴고 그러다가 다시 바코드를 찍었다. 나는 그들이 느긋하게 일하는 모습을 보며 그 속도에 나의 몸을 맞추었다. 서울에서 가지고 온 생각을 흐르는 바람과 파도에 떠나보냈고 점차 걸음이 느려졌다.

가장 중요한 일과는 석양을 보는 일이었다. 일출과 일몰은 신이 인간에게 준 선물 같았다. 하루에 두 번, 장엄한 아름다움에 겸허히 자신을 돌아보라는 선물. 그 선물을 인간이 온갖 건물을 세워 하늘을 가리는 바람에 누리지 못하게 된 것이다. 스스로 거부해버린 것 같았다.

서울에 있을 때 내 소원은 사람들과 해 뜨는 모습과 해 지는 모습을 같이 보는 것이었다. 이곳에선 소원이 이루어졌다. 일몰 시간이 되면 해변가에 사람들이 모여 앉아 시시각각 변하는 하늘을 바라보았다. 아무것도 안 하고 아무 말도 안 하고 함께 태양을 바라보기만 했다. 가난한 사람이건 부유한 사람이건 모두의 얼굴에 황금빛 태양이 공평하게 내리쬐는 것을 볼 때면 우리가 모두 태양의 딸들 같았다. 그 사실을 매일 확인할 수 있었고 그것이 사람들을 태평하게 만드는 듯했다. 자연은 누군가의 소유물이 아니었다. 바다를 가둬둘 수 없고 바람을 쥘 수 없고 노을을 판매할 수 없었다.

하와이에서 만난 친구는 알로하(Aloha) 정신에 대해 말해주었다. 알로하는 '안녕', '잘 가'이기도 하지만 뜻은 단순한 인사말 그 이상이다. 알로하는 삶의 방식이다. 알로하의 각각의 철자는 다음의 덕목을 뜻한다.

A(Akahi, 아카하이): 친절, 부드러움, 관대함

L(Lokahi, 로카하이): 통합, 조화

O(Oluolu, 올루올루): 화합, 기쁨

H(Ha'aHa'a, 하아하아): 겸허, 겸손

A(Ahohui, 아호후이): 참을성, 인내

하와이에서 알로하 정신을 가진 여러 사람을 만나며 점차 얼어붙은 마음은 녹고 몸은 부드러워졌다. 하와이의 창조신인 펠레 여신이 나를 오아후섬이라는 요람에 누인 뒤 두둥실 안아주며 그간 고생 많았다며 얼러주는 것 같았다. 나는 기꺼이 아기가 되어 칭얼댔다.

어느 날 한국에서 하는 글쓰기 수업을 온라인으로 마친 새벽 두 시. 혼자 맥주를 마시며 춤을 췄다. 시원한 바람이 창문을 통해 들어와 내 몸을 가볍게 어루만지고 지나갔다. 바깥엔 달과 별이 밝게 빛났다. 누구의 삶과도 바꾸고 싶지 않은 삶이라고 생각했다.

We are Mauna Kea

하와이에서는 생산적인 그 무엇도 하지 않았다. 공원에 누워 햇빛을 받으며 하와이 신화와 관련된 책을 읽거나 바다 수영을 하며 두피를 적시거나 일몰을 보며 명상을 하는 것이 다였다.

어느 날은 공원에 누워 있다가 옆자리에 누워 있던 현에게 우울증 작업을 한 뒤 행복하다고 느낄 때마다 죄책감이 든다고 고백했다. 현은 어이가 없다는 표정을 지으며 단박에 말했다.

"말도 안 돼! 나는 젊은 시절에 베트남 전쟁 작업을 했잖아. 그러면 나는 뭐, 맨날 아이고 아이고 흑흑 너무 슬퍼요 하면서 울고 있어야 되냐? 네가 할 일은 책을 펴낸 걸로 끝난 거야. 나머진 세상의 몫이지. 발끝에서부터 차곡차곡 기쁨을 채우는 연습을 해. 그렇게 채운 힘이 어려운 시기를 버티게 해줘. 혹시 모르지. 그 힘으로 네가 나중에 세상을 구할지도. 강아지 한 마리를 구해도 그 강아지의 세상을 구하는 것이라는 의미에서 말이야."

하와이는 천국은 천국인데 기묘한 천국이었다. 삶과 죽음이 공존하고 현실과 환상이 섞여 있달까. 미국 안에서도 우울증 환자의 비율은 낮지만 자살률은 높은 지역으로 꼽힌다. 나 역시 행복함을 느끼면서도 동시에 죽는다면 여기서 죽고 싶다고 생각했다. 장엄한 자연 속에 있다 보니 애초에 죽음이 대단치 않게 느껴져서일 수도 있다. 이토록 아름다운 석양과 바다, 언제 터질지 모를 화산과 언제 밀려올지 모를 해일을 곁에 두고 살다 보면 신을 찾지 않을 수 없을 것이다.

하와이의 신 중에서 가장 유명한 불과 화산의 신 펠레는 성질이 고약하며 분노하는 여신이다. 그가 분노하는 여신이라는 점이 특히 좋다. 펠레는 용암을 내뿜는 파괴신이면서 동시에 하와이 섬을 만든 창조신이다. 분노라는 감정은 좋게 쓰인다면 그렇게 된다. 새로운 무언가가 들어갈 자리를 만들기 위해서 무언가를 파괴하고 뒤엎는다. 고대 하와이인들은 펠레 신을 경외하며 그의 노여움을 사지 않도록 춤추고 노래하고 제물을 바쳤다.

그리고 펠레의 자매이자 숙적인 눈의 여신 폴리이아후가 있다. 폴리이아후는 위트와 지혜가 넘치고 아름다우며 모험을 사랑하는 여신으로 하와이섬 중에서 가장 크고 제일 어린 빅아일랜드섬의 눈 덮인 산 마우나케아 정상에서 산다(하와이어로 '흰 산'을 뜻하는 마우나케아는 해발고도 4,207미터의 높은 산으로 바다 아래에 잠긴 부분까지 포함하면 전체 높이가

10,205미터에 이른다. 에베레스트산보다도 훨씬 더 높은, 지구상 가장 높은 산이다. 하와이 신화에서 마우나케아산의 정상은 신들이 거주하는 곳으로 오랫동안 하와이인들에게 가장 신성한 곳으로 여겨졌다). 펠레와 폴리이아후를 영원한 숙적으로 보는 하와이 신화는 열과 냉기, 불과 얼음, 불타는 용암과 차갑게 식은 얼음 사이의 끝없는 긴장을 보여준다. 나는 이들의 신화적 관계를 우리가 삶에서 찾아야 할 분노와 기쁨, 무거움과 가벼움, 진지함과 유머 사이의 균형점을 상징하는 것으로 받아들였다.

하와이는 여덟 개의 섬으로 이루어져 있다. 와이키키해변과 호놀룰루가 있는 오아후섬이 가장 유명한데, 이곳은 대단히 통제된 자연이어서 아름다운 자연 속에 있다가도 한 발짝 뒤로 물러서면 인간이 만든 제도 안에 손쉽게 편입될 수 있었다. 빅아일랜드는 달랐다. 뭐랄까, 야생 그 자체였다. 섬의 중심에는 여전히 활동 중인 활화산이 있고 섬 전체의 모든 지질이 용암으로 이루어져 바닷가의 모래마저 검은색이었다. 곳곳에 분석구(噴石丘)*가 있고 식물과 동물

---

* 화산 쇄설물이 분화구 둘레에 퇴적되어서 이루어진 원뿔

은 그리 많지 않아 황량한 느낌을 주었다.

지질학적으로도 빅아일랜드는 지구상에 있는 다른 땅들과는 다소 다르다. 지구에 땅이 생성되거나 사라지는 과정을 지구과학에서는 판구조론으로 설명한다. 지구를 이루는 여러 개의 판들이 서로 이동하며 세 개의 경계(수렴 경계, 발산 경계, 보존 경계)를 만드는데 이 경계에서 새롭게 땅이 만들어지거나 기존 땅이 깊숙이 섭입해 사라진다는 이론이다. 하와이 섬들은 판구조론으로 설명되지 않는다. 대개 땅의 생성과 소멸은 판의 경계에서 일어나는데 하와이 섬들은 태평양판 가운데에 위치해 있다. 보통의 마그마가 올라오는 것보다 훨씬 더 깊은 곳에 위치한 열점에서 올라오는 마그마로 이루어진 땅이기 때문이다. 지구의 심장 같달까.

빅아일랜드에서의 일정 중 마우나케아산에 올랐다. 이렇게 좋은 곳을 혼자 누리기 싫어 한국에서 부른 친구 봄과 함께였다. 우리는 어두컴컴할 때 마우나케아산에 올라 별과 달을 보고 마지막으로 해가 떠 그 모든 밤의 장막을 걷어내는 것을 보았다. 우리가 별에서 온 존재라는 말을 조금은 이해할 수 있었

모양의 작은 언덕.

다. 모든 것의 모든 분자의 모든 원소의 모든 원자는 오래전 우주 공간에서의 폭발로 만들어졌으니까. 그러니 별을 올려다볼 때 우리는 우리 자신을 올려다보는지도 모른다.

별과 달과 우주에 대한 생각에 휩싸여 마우나케아산을 내려오던 중 우리가 탄 차가 우회전을 하다가 왼쪽에서 과속하며 달려오던 트레일러와 부딪혔다. 왼쪽에서 강타한 충격에 내 몸이 오른쪽으로 쏠리던 찰나의 몇 초가 슬로모션으로 지나갔다. 연기가 나고 자동차 타는 냄새가 났다. 머릿속으로 미처 통제하지 못한 생각이 스쳐지나갔다. '그래. 이럴 줄 알았어! 내 인생이 이렇게 잘 풀릴 리가 없지', '아무리 그래도 너무한 거 아니야? 그 고생을 하고 이제 겨우 책 한 권을 내고 잘 살아보려고 하는데 나에게 또 이런 시련을 줄 수가 있어?', '나는 죽고 싶지 않아. 이렇게 죽고 싶지는 않아. 이렇게 자동차 안에 깔려서 죽고 싶지는 않다고. 더 인생을 즐기고 싶다고!' 가장 끔찍한 상상은 홀로 살아남는 것이었다.

충격이 멈추고 연기가 나는 차 안에서 아직 몸을 움직일 수 있음을 깨달았을 때 천천히 고개를 돌려 운전자 쪽을 바라보았다. 다행히 운전석의 봄은 멀쩡

했다. 완전히 얼이 빠진 채로.

　나는 앉은 채로 차 뒤편을 바라보았다. 2차선 도
로라 자칫하면 연쇄 충돌이 일어날 것 같았다. 차 앞
쪽이 심하게 망가졌으니 갑자기 불이 붙을 수도 있을
것 같았다. 우리를 친 트레일러는 백 미터 가량 더 가
다 멈추었다.

　"봄, 우리 빨리 내려야 해. 여기서 나가야 해."

　내 쪽의 문은 가드레일에 막혀 열리지 않았다.
봄에게 문을 열고 나가라고 했지만 "어, 어" 하며 움
직이지 못했다. 나는 내 쪽의 창문을 열고 차를 빠져
나왔고 봄도 나를 따라 빠져나왔다. 다행히 우리 둘
다 피 한 방울 흘리지 않은 채였다. 차에서 빠져나와
우리가 부딪힌 트레일러와 그 위에 실린 거대한 목재
의 크기를 확인했다. 커도 너무 컸다. 적어도 50톤은
되어 보였다. 이런 차와 부딪히고도 살아남았다니.
나는 두서없이 되풀이해 말했다.

　"우리 정말 죽을 뻔했어. 정말 죽을 뻔했어."

　그러자 봄은 확 짜증을 내며 말했다.

　"알았으니까 그만 좀 해!"

　"아니 그러니까 우리가 살았다고!"

　우리는 엄청나게 놀라 얼어 있었고 예민해져 있
었고 위급한 상황이 되자 서로 완전히 다른 모습을 보

이기 시작했다.

어안이 벙벙한 채로 보험회사 전화를 찾지도 못하고 있는데 괜찮냐며 다가오는 사람들이 있었다. 사고가 일어난 곳은 마우나케아 중턱이었는데 어두운 돌과 도로밖에 없는 황량한 곳이었다. 아무도 없는 외딴 곳에서 우리에게 다가오는 이들이 한줄기 빛처럼 감사하게 느껴졌다.

그들은 그 부근에서 텐트를 짓고 사는 사람들이었는데 딱 보기에도 지저분하고 썩 믿음직스럽게 보이지는 않았다. 우리를 데려가 앉힌 텐트는 더럽고 낡았고 텐트 앞에는 "과학만이 정답은 아니다"라고 적힌 팻말이 있었다. 그래도 나는 그들의 호의를 덥석 받고 싶었다.

샤론이라는 사람이 우리를 진정시킨 뒤 일종의 기 치료를 해주었다. 피부에서 10센티미터 정도 떨어진 지점에서 내 몸의 윤곽을 손으로 훑는 의식 같은 것이었다. 그다지 과학적으로 보이지 않았던 것은 맞다. 나는 기꺼이 기 치료를 받았고 봄은 거절했다. 그러고 나서 샤론은 잠시 자리를 비우더니 약병 하나를 가지고 와서는 트라우마 상황에서 몸과 마음을 진정시키는 치료제인데 한두 방울을 혀 아래에 떨어뜨리면 효과가 좋다고 말했다. 식물이 그려져 있는 작은 갈색 약병이었다. 봄은 이번에도 거절하고서 약병에 쓰인 문구를 자세히 들여다보더니 스마트폰으로 검색을 하기 시작했다. 나는 혀를 들어 올리고 지금 당장 떨어뜨려달라고 손짓했다.

마침내 경찰이 도착했다. 경찰은 사고 현장을 확인하고 보험회사에서 나올 때까지 몇 시간 동안이나 우리를 기다려주었다. 경찰은 사고 경위를 파악하더니 이렇게 말했다.

"정말 운이 좋았어요. 만약에 트레일러가 조금만 천천히 달렸거나 당신들이 조금만 빠르게 달려서 차 뒤에서 충돌이 일어났다면 정말로, 정말로, 정말로, 정말로, 정말로 좋지 않았을 거예요. 트레일러는 당신들 차를 깔고 지나갔겠죠."

사고는 완전히 우리 쪽 과실이었다. 왼쪽에서 해가 뜨고 있어 시야를 가리는 바람에 우회전을 하며 왼쪽에서 오는 차를 보지 못한 것이다. 나는 트레일러 운전사에게 찾아가 미안하다고 말했다. 커다란 몸에 후줄근한 티셔츠, 충혈된 눈을 한 그는 이렇게 답했다.

"어제 달 봤어? 진짜 밝고 컸지. 너희 그거 보려고 마우나케아산 올라간 거구나?"

난 이 운전사와 더 이야기하다간 비현실감이 더

커질 것 같아 뒤돌아섰다.

보험회사에 전달하기 위해 사고를 담당한 경찰의 이름을 확인하는데 이름이 'B. Resureccion'이었다(스페인어 'resurrección' 혹은 영어 'resurrection'은 '부활'을 뜻한다). 이쯤 되니 하와이에서 신내림을 받게 되는 건 아닐까 잠시 생각했다.

샤론이 우리를 숙소까지 데려다주었다. 차 안에서 그의 이야기를 들었다. 샤론과 친구들은 활동가였다. 마우나케아산에 설치될 예정인 초거대 망원경 TMT(Thirty Meter Telescope)의 설립을 반대하기 위해 수년간 마우나케아산 아래 살며 시위 중이었다. 샤론은 내게 반복해서 말했다.

"사고는 났지만 적절한(right) 곳에서 일어났어. 이곳은 매우 성스러운 곳이야."

마우나케아가 성스러운 곳이라고? 왜? 나는 되물었다. 샤론은 대답하지 않았다. 같은 말만 반복했다.

"이곳은 매우 성스러운 곳이야."

마우나케아산은 태평양 한가운데 위치해 별을 관측하기 최고의 장소라고 일컬어진다. 이미 전 세계의 여러 천문대가 이곳에 위치해 있다. TMT는 설치가 된다면 북반구에서 가장 커다란 망원경으로, 과학자들은 이것으로 우주의 기원에 대한 답을 얻을지도 모른다고 말한다. TMT 설치를 반대하는 하와이인들은 마우나케아의 신성을 더 이상 모독하지 말라고 말한다.

이들의 대립은 하와이 침탈의 역사와도 깊은 관련을 맺고 있다. TMT 설치를 강력하게 반대하는 사람들은 '근대화'를 명목으로 하와이를 미국의 50번째 주로 흡수해버린 서구 제국주의의 역사를 기억하는 사람들이고, 하와이 신들의 거처이자 빅아일랜드의 탯줄을 의미하는 상징으로서의 마우나케아를 더 이상의 침탈로부터 지켜내고자 하는 사람들이다.

마우나케아산을 둘러싼 서구에서 온(혹은 서구식 교육을 받은) 과학자와 하와이 원주민의 대립. 나는 이 대립에서 또한 우주의 불가해함을 다루는 두 문화권의 차이를 본다. 우리가 어디에서 왔는지, 또 누구인지를 묻는 과정에서 과학자들은 우주를 뒤집어 속속들이 알아내려 하고 하와이인들은 인간의 영역이 아닌 것을 넘보지 말기를, 불가해를 불가해로 남겨두기를 바란다. 어떤 것이 성스러운 데에 이유는 필요하지 않다. 하와이인들은 불가해한 성스러움을 그 자체로 일상에 두고 살아가는 사람들이다. 짧은 만남이었지만 나는 샤론과 그의 친구들이 가진 자연에 대한 관점이 내가 제도권 교육 안에서 보고 듣고 배워온 것과는 질적으로 다른 종류의 것임을 짐작했다.

    왜 하필 나에게 이런 일이 일어난 것일까? 마우나케아산에 사는 펠레 혹은 폴리아아후가 날 구해준 것일까? 그래서 우리 앞에 나타난 경찰의 이름은 부활이었던 걸까? 어차피 살 운명이었다면 신(우주?)은 나에게 왜 죽을 뻔한 사건을 겪게 한 것일까? 삶과 죽음이 자연에 속한 일이고 통제 밖의 영역이라는 것을 내 목숨을 걸고 알 필요가 있었던 걸까? 나는 일련의 장면에 서사를 만들고 의미를 해석해내려고 애쓰는 나 자신을 본다. 그러다 그만둔다. 고대 하와이인들의 가르침을 받아 불가해한 것은 불가해한 대로 남겨두고 더 이상 해석하거나 억지로 질서를 부여하지 않으려고 한다. 다만 그들의 이야기를 이곳에 남겨둔다. 그것이 내가 하와이에서 받은 돌봄의 일부를 갚는 방식이므로.

    하와이 빅아일랜드섬 마우나케아산 중턱에는 그들의 문화를 지키기 위해 초거대 망원경 TMT의 설치를 반대하며 오랫동안 싸우는 사람들이 있다. 이들의 이름은 "We are Mauna Kea(우리는 마우나케아)"다.

몽크물범

회복을 위해 찾아온 곳에서 죽을 뻔한 사고를 겪었다는 점은 나를 울적하게 만들었다. 경직된 몸과 마음을 봄과 함께 대화를 나누며 풀어가고 싶었지만 봄은 이 사고를 없던 일 취급하고 싶어 했다. 내가 감정적인 반응을 보일라치면 이 일을 드라마화하지 말라고 했다. 그 말은 나에게 상처를 주었지만 어느 정도 맞는 말이기도 했다. 하지만 글 쓰고 책 읽는 사람에게 드라마화하지 말라니, 돌고래에게 헤엄치지 말라는 말 아닌가?

현은 우리에게 다친 곳이 없는 것 같아도 이삼 일은 아무것도 하지 말고 지켜보라고 했다. 살다 보면 마음과 몸이 같이 갈 때도 있지만 그러지 않은 때도 있다고 했다. 사고로 마음이 초긴장 상태에 있다 보면 몸이 아픈데도 제대로 인지하지 못할 가능성이 크다고 했다. 현과의 통화를 마치고 나자 긴장이 풀려 비로소 눈물이 났다.

우리는 이삼일 지켜보다가 크게 아픈 곳이 없자 다시 놀기 시작했다. 마침 한국에서 온 티야가 합류하면서 여행은 새로운 활기를 띠기 시작했다. 티야는 홀라 댄서로, 공항에서 숙소까지 모르는 사람의 차를 얻어 타고 올 정도로 사람을 잘 믿고 생존력이 좋은 친구였다. 바다를 좋아하고 함께 다이빙을 할 수 있는 동행이 생겨 무척 기뻤다.

어느 날 티야는 내게 꼭 돌고래와 수영하고 싶다고 했다. 그리고 홀로 인터넷을 검색해서 돌고래가 자주 출몰한다는 오아후섬 서쪽의 일렉트릭비치라는 곳을 알아냈다. 파도가 커서 스노클링이나 펀다이빙을 하는 사람은 드물고 거친 파도를 즐기는 서퍼로 가득한 해변이었다.

티야와 나는 옷을 갈아입고 바다로 뛰어들었다. 다이버는 우리 둘뿐이었다. 티야는 젊고 용감했지만 아직 다이버로서의 경험이 많지 않았다. 나 역시 믿음직한 세이프티 버디는 못 됐다. 게다가 우리는 물속에 사는 생물로 무엇이 있는지, 조류나 파도의 변화는 어떤지 등 그 바다에 대해 아는 것이 전혀 없었다(해당 지역의 바다를 잘 아는 사람 없이 다이빙을 하는 것은 아주 안전한 일은 아니다).

어쨌든 우리는 돌고래를 보고 싶다는 마음만으로 헤엄치기 시작했다. 우선 파도가 깨지기 시작하는 부근을 넘어섰다. 파도가 깨지기 시작하면 파도의 힘이 강해져 그 힘을 그대로 받기 때문에 다이빙을 하려면 그보다 더 멀리 나아가 떠 있는 게 편하다. 서퍼들이 파도를 기다리는 라인업을 지나 해변으로부터 멀어져 바다를 떠돌기 시작했다. 그러다 갑자기 온몸의 피부가 따끔거렸다. 바다에서 놀다 보면 종종 겪는 일이었다. 보이지 않은 해파리 때문인지, 바다 물벼룩 때문인지, 일렉트릭비치 근처에 있다는 발전소 때문인지는 몰랐다. 발전소 근처로 가니 확실히 수온이 높아지는 것이 느껴졌다.

나는 숨을 참고 잠수를 시도했다. 좀 더 깊은 물속으로 들어가니 수면에서는 들리지 않던 돌고래 떼의 소리가 들렸다. 아이들이 놀이터에서 까르륵대며 노는 소리와 비슷했다. 귀로만 들리는 게 아니라 온몸으로 들리는 소리였다. 오소소 소름이 돋았다. 시야는 썩 좋지 않아서 10미터 정도 되는 듯했다. 돌고래가 어디에 있는지 알 수는 없으나 소리로 보아 꽤 가까이에 있다는 걸 알 수 있었다. 언제 어디서 돌고래 떼가 나올지 모르니 긴장되었다. 나는 문득 우리가 기다리며 찾고 있는 돌고래가 야생동물이라는 사실을 상기했다. 우리는 그 존재에 대해 그다지 아는 게 없다. 그리고 이곳은 그들의 공간이다. 나는 티야에게 아까부터 하고 싶었던 말을 했다.

"티야, 나 무서워."

"뭐가?"

"돌고래가 우릴 공격하면 어떡해?"

"별게 다 무섭다, 언니는."

우리는 계속 헤엄을 쳤다. 돌고래는 보이지 않았으나 잠수해 내려갈 때마다 소리가 계속 들렸다. 파도는 강했고 조류도 꽤 있는 바다였다. 거친 환경이었지만 나는 차츰 바다가 편안해졌다. 돌고래에 대한 기대감과 두려움이 한데 뒤섞여 짜릿한 흥분도 느껴졌다.

잠수해 내려가면 수심 아래에서 달라지는 물의 흐름을 느낄 수 있었다. 몇 번 다이빙을 하며 헤엄쳐 보니 더 빠른 세기로 흐르는 물의 흐름을 미끄럼틀 삼아 헤엄칠 수 있다는 걸 알게 됐다. 물살이들이 그렇게 헤엄치고 있었다. 나는 물결을 타고 놀았다. 물결이 나를 밀어줄 때 옆을 보면 같은 흐름을 타고 있는 물살이의 뚱한 옆모습이 보였다. 바다거북은 유유히 바다를 헤엄쳐 다녔다.

그러다 눈앞에 인어가 나타났다. 우리는 경외감에 손을 꼭 잡고 그 아이를 보았다. 멸종위기종인 하와이안 몽크물범이었다. 몽크물범은 우리를 빤히 보더니 곧 멀리 사라졌다. 우리는 그 모든 장면을 고프로에 담았다. 돌고래 소리, 바다거북, 몽크물범, 다채로운 물살이들, 조류를 타고 놀던 우리…

해변으로 돌아오는 길은 나갈 때보다 수월했다.

커다란 파도를 동력 삼아 몸으로 서핑한다고 생각하고 파도가 밀어주는 힘을 타고 나왔다. 정신없이 파도를 타고 나오는 길에 잠깐 생각했다. '오늘 본 것이 기억 속에만 남으면 좋겠다. 기록한 걸 다 잃어버리면 좋겠다.' 해변 근처에서는 데굴데굴 구르며 물을 잔뜩 먹었다. 물 밖에 나오니 세 시간이 지나 있었다. 발뒤꿈치는 죄다 까져 있었다.

티야와 숙소에 돌아와 깔깔거리며 밥을 먹다가 문득 정말로 고프로가 사라졌다는 걸 깨달았다. 잃어버린 고프로에는 지금까지 하와이에서 찍은 모든 바닷속 사진과 영상이 담겨 있었다. 황급히 일렉트릭비치로 돌아가보았지만 바다에 빠진 고프로를 무슨 수로 찾을까? 찬란한 석양만이 우리를 기다리고 있었다. 해변에 있는 서퍼들에게 혹시 고프로를 발견하면 알려달라며 말을 전하고 다녔다. 그들은 진심으로 염려하며 친절하게 그러겠다고 대답했지만 두 눈은 내가 아닌 내 뒤의 파도를 바라보느라 바빴다. 얘기를 하고 돌아서며 나는 일렉트릭비치에서의 기억은 내 바람대로 마음속에만 남게 될 것을 예감했다.

2부 웨트 트레이닝[*]

[*]   웨트 트레이닝은 프리다이빙 용어는 아니고 내가 임의로
만든 말이다. 스쿠버다이버, 프리다이버 모두 한 번의
잠수가 끝날 때마다 이에 대해 기록하는 로그북을 적곤
한다. 1부가 다이빙을 처음 배운 2016년부터 2022년
초까지의 시간을 회상하며 썼다면, 2부는 2022년 여름
필리핀 보홀에서 한 달간 훈련하며 매일 적은 로그북을
기반으로 썼다.

첫 번째 날

프리다이빙 훈련을 위해 필리핀 보홀에 왔다. 앞으로 이곳에서 한 달간 머물며 다이빙 훈련만 할 예정이다. 바다에 머무는 기간이 갈수록 길어지고 또 잦아지고 있다. 하와이에서의 임사 체험 때문인지 책을 쓰며 가까운 사람의 죽음을 겪었기 때문인지는 모르겠지만 삶을 운용하는 방식이 조금씩 달라지고 있었다. 내가 선택한 센터는 오직 프리다이빙 훈련을 위해 만들어진 곳으로, 다이버들이 쓰는 숙소와 실내 훈련을 할 수 있는 수영장, 스트레칭과 요가와 명상을 할 수 있는 요가장이 있고 프리다이빙 훈련에 맞춘 세끼 식사가 제공됐다. 특히 바다로 나가기 전 아침 식사는 바나나, 오트밀, 계란 등 소화가 잘되면서 부비동에 점액질을 분비하지 않는 음식으로 가볍게 배를 채울 수 있었다(잠수 전에는 카페인이 들어간 음료를 마시지 않는 것도 중요했다. 심장이 뛰면 산소를 빠르게 소모하니까). 센터 안에는 다이빙과 관련한 책이 가득했다. 간식이 먹고 싶거나 보홀 근처를 돌아다니고 싶은 것이 아니라면 머무는 동안 센터 밖으로 한 발자국도 나가지 않아도 될 정도였다. 이곳의 또 다른 특징은 누구도 방문을 걸어 잠그지 않는다는 것이다.

도착해 짐을 푸니 마침 점심이었다. 1층 식당

으로 가니 사방이 뻥 뚫린 곳에 커다란 식탁 여러 개
와 플라스틱 의자가 쭉 펼쳐져 있었다. 편안한 옷차
림의 사람들과 고양이가 느릿느릿 걸어 다녔다. 보아
하니 오전 훈련을 마치고 바다에서 돌아와 샤워를 마
친 사람들이었다. 모두 새카만 얼굴에 마스크 자국이
선명했다. 뽀얀 얼굴이 내가 이곳에 오늘 처음 온 사
람이라는 사실을 알려주고 있었다. 점심을 먹는 사람
들 틈에서 밥을 먹으며 멋쩍게 인사를 했다. 만나서
반갑다고 호들갑을 떠는 사람이 아무도 없었다. 경계
하는 사람도 없었다. 말수 없는 사람들 곁에서 어물
거리자 옆자리에 앉아 있던 트레이시가 내게 말을 건
네주었다. 어디서 왔고 언제까지 있을 거고… 앞으로
이곳에서 수없이 반복해서 나누게 될 대화였다.

"이퀄라이징에 문제가 있어서 왔어요."

내 말에 트레이시는 웃으며 대답했다.

"여기 있는 모두가 각자의 문제를 갖고 있어
요."

그는 요가 강사이면서 프리다이빙 강사인데 십
몇 년 전 우연히 보홀에 놀러 왔다가 프리다이빙에 빠
져 이곳에 정착하게 되었다고 했다.

"프리다이빙을 하다 보면 자기 성향에 대해 알
게 돼요. 거울처럼요. 겁이 많은지, 욕심이 많은지,

조급한 편인지…. 프리다이빙을 잘하고 싶다면 자기 성향을 잘 받아들이고 인정해야만 해요."

햇빛에 그을려 까맣고 주름진 얼굴, 작고 마른 몸의 트레이시가 해준 이야기가 금세 나를 위로해주었다.

두 번째 날

새벽에 일어나 요가장으로 내려가 몸을 풀고 가볍게 CO_2테이블과 폐 스트레칭*을 했다. 하와이 여행 이후 수개월 만에 하는 다이빙이라 아침부터 긴장했다. 그간 물 밖에서 거의 훈련을 하지 않아 몸이 숨을 참는 것에 다시 낯설어졌을 것이 뻔했다. 역시나 CO_2테이블을 하는데 호흡 충동이 무척 빨리 왔다. 오랜만에 느끼는 숨 막히는 기분이 고통스러웠다. 끙끙대며 버텼다. 1초, 2초가 더디게 흐르는 기분. 그래, 이 느낌이었지.

나뿐만 아니라 일찍 일어난 몇몇 사람이 요가장에 내려와 몸을 풀고 있었다. 센터에서 강사로 일하는 주상 쌤이 곁에서 내 훈련을 지켜봐주었다. 호흡

---

* 근육이 가진 능력을 강화하기 위해 근력 운동과 유연성 운동을 하는 것처럼 폐가 가진 능력을 강화하기 위해 프리다이버는 폐 스트레칭을 한다. 폐 스트레칭은 크게 숨을 가득 담고 실시하는 풀 렁 스트레칭(full lung stretching)과 숨을 모두 뱉고 실시하는 엠티 렁 스트레칭(empty lung stretching)으로 나뉜다. 풀 렁 스트레칭은 한 번에 채울 수 있는 숨의 양을 늘리는 데 도움을 주고 엠티 렁 스트레칭은 깊은 수심에서 폐가 줄어들었을 때의 압박감을 견디는 데 도움을 준다. 두 스트레칭 모두 숨의 양과 수압에 따라 늘어나고 줄어드는 폐의 유연성을 길러준다.

충동이 오면 충동을 버티거나 밀어내지 말고 받아들이고 익숙해지라고 말했다. 충동에 저항할수록 몸에 힘이 들어가니 항문에 힘을 푼다고 생각하면 도움이 된다고 조언해주었다.

아침을 먹고 장비를 챙겨 수영장으로 나갔다. 사람들이 수영장에 풍덩 빠져 슈트를 입기 시작했다. 사람과 환경 모두 어색하여 몸이 경직되었는지 슈트를 입다가 목에 담이 들고 말았다. 서울에서 일하면서 차근히 뒤틀려온 몸이었다. 연초에 이미 목디스크를 진단받았다. 뻣뻣해진 목과 어깨를 달래며 두께 3밀리미터의 슈트를 입고 허리웨이트 1.5킬로그램, 넥웨이트 1.5킬로그램을 채웠다. 오랜만에 입는 슈트가 불편했다.

해변으로 가서는 보트에 오르는 것부터 쉽지 않았다. 양손을 보트 선반에 올려두고 힘을 주어 일어난 뒤 배를 먼저 올려두고 다리를 걸어 보트에 타려고 버둥대자 사람들이 옆에서 조심하라며 소리쳤다.

"어어 갈비뼈, 갈비뼈!"

얼마 전 보트에 오르다 누군가 갈비뼈에 금이 갔다는 것이었다. 간신히 보트에 오르자 홍콩에서 온 여자 다이버가 웃으며 말했다.

"다이빙을 본격적으로 시작하기 전에 해야 하

는 두 가지 운동. 하나는 슈트 입기, 그다음은 보트 오르기."

보홀의 바다는 호수처럼 잔잔했다. 마치 오늘 다이빙이 잘되지 않는다면 그건 오로지 너의 탓이니 누구에게도 핑계를 댈 수 없다고 말해주려는 듯이 말이다.

보트는 바다 곳곳에 사람들을 떨어뜨려놓고 육지로 떠났다. 주상 샘은 바다 위에 부이를 설치하고 줄을 내렸다. 그리고 긴장을 풀어주려는 듯 훈련을 바로 시작하지 않고 물속에서 가볍게 대화를 시작했다. 내 직업을 작가라고 소개하니 주상 샘이 말했다.

"일할 때는 생각을 많이 하니까 여기서는 좀 덜 해보세요."

주상 샘은 덩치가 산만 했다. 웃으면 천진난만한 아이 얼굴이 되는 사람이었다. 원래는 한국에서 회사를 다녔는데 프리다이빙을 만나고 푹 빠져 보홀까지 오게 되었다고 했다. 대화를 나누는 동안 슈트 안으로 바닷물이 파고들어 온몸을 부드럽게 감싸주며 몸을 눅진하게 했다.

주상 샘과 둘이서 부이에 떠 훈련을 시작했다. 주상 샘은 오랜만에 하는 다이빙이니 무리하지 말고 우선 바다와 익숙해지라면서 이퀄라이징 체크를 해보자고 했다.

준비호흡을 하고 내려갔지만 채 5미터도 내려가기 힘들었다. 이퀄라이징이 잘되지 않았고 몇 번 내려가지도 않았는데 부비동에 통증이 왔다. 부비동이 아파오자 바로 오늘 다이빙은 망했다는 생각부터 들었다.* 바다에 들어온 지 이제 30분도 안 되었는데 포기하고 보트를 불러 물 밖으로 나가고 싶어졌다.

주상 샘은 그렇게 생각하지 않는 듯했다. 내가 이퀄라이징 탓에 깊이 잠수하지 못하는 것을 지켜보더니 이퀄라이징이 잘되지 않을 때 할 수 있는 훈련 방법을 알려줬다. 머리를 아래로 하는 헤드-퍼스트 (head-first) 자세로 내려갈 때 이퀄라이징이 잘되

---

* 얼굴뼈에는 부비동이라고 부르는 네 곳의 빈 공간(전두동, 사골동, 접형동, 상악동)이 있다. 코와 부비동 공간을 채우고 있는 공기는 목소리에 공명을 더하고 머리의 열을 식혀주는 역할을 한다. 부비동 안에서는 점액이 생성되어 좁은 구멍을 통해 흘러나와 부비동 안으로 이물질이 들어오는 것을 막고 밖으로 다시 내보내는 역할을 한다. 이때 점액이 생성되는 것에 비해 빠르게 흘러나가지 않을 때 부비동 압착이 일어나 통증이 유발될 수 있다. 한번 부비동 통증이 시작되면 적은 수압 변화에도 통증이 매우 심해지기 때문에 그날은 다이빙을 지속하기 힘들다.

지 않으니 로프에 발을 걸고 발을 아래로 향하게 하여 핏-퍼스트(feet-first) 자세로 내려가게 했다. 그렇게 해보니 좀 더 내려갈 수 있었다. 그다음에는 슈퍼맨처럼 수평으로 내려가는 연습을 했다. 실제로 부비동 압착이 온 것이 아니라 이퀄라이징을 프렌젤로 하는 것이 아직 숙련되지 않아서 발살바랑 섞어서 하는 바람에 나타나는 문제 같았다. 출수하고 난 뒤에도 오후에 수영장에서 프렌젤 연습을 좀 더 했다.

세 번째 날

하하 샘과 훈련했다. 하하 샘은 이 다이빙센터를 자신의 파트너인 은은 샘과 함께 세운 사람이다.

바다는 어제보다 조류가 강했다. 조류가 강할 때는 가만히 있어도 몸과 부이가 조류 방향대로 떠내려간다. 슈퍼맨 자세로 두 번 정도 하강하는 연습을 했는데 이퀄라이징을 할 때 온몸에 힘이 너무 많이 들어가서 자꾸만 숨이 찼다. 귀에 수심 압박이 와서 못 내려가는 것이 아니라 숨이 달려서 더 내려가지 못하고 올라오기를 반복했다.

수평으로 내려가는 연습을 하다가 헤드-퍼스트로 내려가는 연습을 했는데 낮은 수심에서는 이퀄라이징이 잘되지 않더니 내려가면서 더 잘되었다. 수심 15미터 정도까지가 압력 변화가 가장 크고, 이 구간을 넘어가면 수심이 깊어져도 수압 변화가 수면 가까이에서만큼 크지 않기 때문이다. 그러나 바다 밑으로 내려갈수록 공포에 몸이 얼어붙는 느낌이었다. 이퀄라이징을 할 때마다 발끝까지 힘이 들어갔다. 이것을 알아차리게 되었다는 것이 오늘 훈련의 수확이다.

잠수했다가 손으로 줄을 끌어당겨 수면으로 올라오는데 갑작스레 엄청나게 따끔한 통증을 느꼈다. 줄에 감겨 있던 해파리에 쏘인 것이다. 하하 샘은 대수롭지 않게 종종 해파리에 쏘이는 일이 생긴다고 했다. 그리고 다시 이퀄라이징 이야기로 돌아갔다. 나는 왼손에 느껴지는 통증을 대수롭지 않게 넘기려고 애쓰면서 하하 샘 이야기를 들었다.

"초보자나 상급자나 부딪히는 문제는 결국 똑같아요. 이퀄라이징이 가장 중요해요. 한계 수심에 도달하면 나도 모르게 몸이 그것을 인식하고 얼어붙어요. 그래서 긴장하고 이퀄라이징이 안 되기 시작하죠. 머리로는 긴장을 다 풀었다고 생각하고 무섭지 않다고 생각해도 무의식중에 몸은 따로 움직여요. 천천히 가능한 한 자주 바다에 나오는 수밖에 없어요. 몸이 정말로 적응하도록요."

프리다이빙은 더는 못 갈 것 같다고 여겨지는 어떤 선 앞에서, 공포와 두려움으로 굳어진 몸을 지켜보며 알아차리는 것에서부터 시작해 조금씩 앞으로 나아가는 운동인 것 같다.

하하 샘은 두 다이버가 부이를 잡고 망망대해를 떠다니는 이 상황이 무척 즐거운 것 같았다.

"신기하지 않아요?"

그는 수평선을 돌아보며 웃었다.

편안하고 즐거운 다이빙이었다. 한국에서 다이빙을 할 때면 시간이 정해져 있어 그 시간 안에 성과를 내야 한다는 압박이 있었다. 밍 언니가 내게 관심을 쏟아준 만큼 성과로 보여줘야 할 것 같았다. 줄을 내릴 때마다 평가받는 기분이 들었다. 이곳에서는 그런 압박이 없었다. 매일 할 수 있는 만큼만 하면 됐다. 내일도 바다에 올 테니까. 이것이 바로 내가 원하던 프리다이빙이었다고 생각하면서도 사랑하는 모든 것을 두고 오직 프리다이빙만을 연습하기 위해 필리핀의 외딴섬에 홀로 한 달이나 왔다는 것이 미친 짓처럼 느껴졌다.

네 번째 날

오늘 다이빙은 무척 만족스러웠다. 바다에 조류와 너울이 약간 있었다. 날씨는 맑았고 바닷속 시야는 10미터 정도였다. 첫 번째 시도에서 10미터가량 수평으로 내려가고 두 번째 시도에서 다시 16미터 정도 수평으로 들어갔다. 수심 깊은 곳에서 전보다 편안해진 것을 느꼈다. 바보같이 밍 언니 탓을 하다니. 밍 언니는 그때 내 상황에 맞춰 최선을 다해 나를 도와줬을 뿐인데. 여기서는 또 지금 내게 맞는 선생님이 때에 맞춰 찾아왔을 뿐이고.

바다에서 돌아와 샤워를 하는데 오늘의 편안한 다이빙을 축하해주듯이 내 주변을 둘러싸고 둥글게 무지개가 폈다. 기분이 좋아 그대로 오래 머물러 있었다.

하하 샘의 에너지가 너무도 좋았다. 수행을 오래 한 스님 같기도 했다. 공간은 운영하는 사람, 중심이 되는 사람의 에너지와 비슷한 분위기로 꾸려지고, 이런 분위기와 비슷한 사람들이 모여들고, 결이 다른 사람들이 오더라도 자연스레 녹아들게 된다. 자기 분야의 실력자이고 품이 큰 데다 가장 중요하게는 이기심이 없는 마음, 자기를 내세우지 않으려는 마음에서 비롯된 분위기. 나도 내 마음을 잘 닦아 그런 사람이 되고 싶다.

내 귀는 다른 사람들보다 쉽게 붓는 것 같다. 초반 몇 번의 시도 뒤에는 이퀄라이징이 처음보다 더 안되었다. 하하 샘은 약간 좌절해 있는 나를 두고 사람마다 유연성이나 근력의 타고난 정도, 운동 후 회복 기간이 다른 것처럼 귀도 마찬가지라고 했다. 그 말을 마음에 잘 담아두며 스스로 다독이려 애썼다. 무리하지 말고 바다가 주는 즐거움과 행복을 누리자고.

아침에는 스트레칭을 하는데 주상 샘이 마루에 누워 있다가 물었다.

"저 나무는 몇 살이나 되었을까?"

"3백 살? 4백 살?"

옆에 있던 사람들이 대답했다. 그러자 주상 샘이 말했다.

"저 나무가 우리랑 소통할 수 있다면 우리에게 참 많은 것을 이야기해줄 텐데…."

나는 고관절을 풀면서 속으로 대답했다. '이미 말하고 있을지도 몰라요. 우리가 듣지 못할 뿐….'

그렇다면 내 몸이 나에게 말하고 있으나 내가 듣지 못하고 있는 것은 무엇일까?

다섯 번째 날

지낼수록 이곳은 수도원 같다. 프리다이빙을 하면서 매일매일 자신을 수련하는 사람들이 모인 곳 같달까. 오늘은 오늘 할 수 있는 만큼만 하자…. 지금까지 나의 다이빙은 그날 꼭 해야 한다고 생각한 것들을 해내려고 아득바득하거나, 내가 이만큼 잘할 수 있다는 것을 보여주고 싶어서 내 몸이 편안하다고 느끼는 정도 이상까지 밀어붙이는 것이었다. 프리다이빙만 그랬을까?

돌아보니 내 몸이 얼마나 지쳐 있고 경직되어 있는지 제대로 알아차리지 못하는 내가 있었다. 정신 차리고 보면 손톱자국이 남을 정도로 주먹을 꾹 움켜쥐고 일상을 살거나, 자면서도 어금니를 꽉 깨물어 아침이면 턱이 얼얼해 입을 벌리는 것조차 어려워하는 내가 있었다.

살아남는 일에 급급한 채로 십대와 이십대를 초긴장 상태로 통과했다. 그렇게나 바라던, 글을 쓰는 삶을 살게 되었는데 나는 막상 눈앞에 펼쳐진 기회와 자유를 보고 겁을 집어먹었다.

마음이 먼저 갈 때는 몸을 기다려주고 몸이 먼저 갈 때는 마음을 기다려주며 나 자신의 정렬이 바로 선 채로 가고 싶다. 그것이 왜 이다지도 어려울까. 나는 나를 기다려주기 위해서 보홀에 온 것이 아닐까.

프리다이빙에 빠진 것이 아닐까.

여기서 다이빙을 하면서 처음 시작하는 사람이
건 오래 한 사람이건 모두 같은 프리다이버라는 메시
지를 계속해서 받고 있다. 백 미터를 육박하는 깊이
를 잠수하는 딥다이버들 사이에서 약간 주눅이 들어
"저는 쪼렙이에요"라고 말하면 바로 정색하며 다이
버들이 답한다.

"그런 거 없어요."

"초급이나 고급이나 똑같아요. 똑같은 상황에
부딪히는 거예요."

"강사 아무것도 아니에요."

맞다. 우리는 각자 자기의 다이빙을 하고, 각자
자기의 삶을 살고, 각자 자기의 싸움을 하고 있을 뿐
이다.

이런 메시지를 반복해서 말하는 것은 그만큼 우
리가 남과 견주어 더 앞서가고 싶다는 열망에 쉽사리
휩싸이기 때문인지도 모른다. 프리다이빙 같은 기록
을 견주는 스포츠에서는 그런 열망이 더욱 자라기 쉽
다. 하지만 육지에서는 몰라도, 바다에서는 자기에게
허락된 만큼의 수심을 넘어 욕심을 부리면 정말로 위
험해진다.

오후에는 보홀 팡라오섬 남서쪽에 위치한 작은 섬 발리카삭에 가서 펀다이빙을 했다. 훈련을 뒤로 하고 오로지 바다에서 놀기 위해 나간 첫 다이빙이었다. 발리카삭섬 주변에 자란 산호와 산호 틈틈이 유영하는 물살이 떼가 무척 아름다웠다. 함께 간 다이버들도 좋았다. 그렇지만 계속해서 사진을 찍고 찍히기에 바빴다. 카메라가 바다에 들어오자 금세 마음이 불편해졌다. 내 몸이 초라하게 느껴졌고, 사진을 찍느라 바다를 누리지 못하는 것도 싫었다. 홀로 일찍 출수하고 배에 올라와 누워서 쉬었다. 사진을 찍는 사람들이 멀어졌을 때 바다에 혼자 내려가 쉬었다. 롱핀*을 벗고 바다에 들어가 물살이를 마음껏 구경하고 배영도 하면서 바다의 너른 품을 누렸다. 바다는 내 몸이 어떤 모양이건 신경 쓰지 않는다. 구부러지고 퍼지고 흐르며 공간을 채운다. 내 몸의 모든 면을 안아준다.

---

* 프리다이버용 오리발로, 더 강한 추진력을 얻기 위해
  보통의 오리발보다 훨씬 길다.

일곱 번째 날

한국에서 내 또래 여자분이 센터에 왔다. 주상 샘과 셋이 바다에 가서 다이빙을 했는데 그분은 프리다이빙이 처음인데도 불구하고 쑥쑥 잘 내려갔다. 수면 위에서 그가 잠수하는 것을 지켜보는데 수심이 깊어질수록 몸이 경직되는 것이 내 눈에도 보였다. 이퀄라이징에 문제가 없어 10미터 정도는 내려갈 수 있을 것 같은데 8미터 구간쯤에서 포기하더니 줄을 잡고 올라왔다. 부이를 잡고 "아임 오케이" 하자 주상 샘이 물었다.

"왜 올라왔어요?"

"무서워서요."

"뭐가 무서웠어요?"

"죽을까 봐요….."

말하면서 그분이 웃었다. 나와 주상 샘도 푸하하 따라 웃었다. '맞죠, 죽을 것 같죠. 그 기분 너무 잘 알아요. 근데 우리 그렇게 쉽게 안 죽죠.' 이런 웃음이었다.

깊이 들어가지 못하고 고전하는 나와 달리 그분은 쑥쑥 진도를 뺐다. 마음에 조급함이나 경쟁심이 생기지 않아 다행이었다. 7년 전 프리다이빙을 시작하고 드문드문 수심을 늘려가기도 하고 정체기를 맞기도 하는 동안 나는 부이 위에서 나보다 앞서가는 많은 사람들을 보아왔다. 프리다이빙을 좋아하면서도 실력이 좀체 늘지 않아 생긴 부담감과 낙담 때문에 자꾸만 프리다이빙을 피해왔었다. 이제는 그러고 싶지 않았다. 못하면 못하는 대로 계속하고 싶었다.

주상 샘은 내가 내려가는 것을 보면 목 주변 근육이 엄청나게 긴장되어 있다고 했다. 그래서 이퀄라이징이 안 되는 것이라고 했다. 머리로는 알겠는데 도저히 몸에 익지가 않았다. 프렌젤로 이퀄라이징을 하려면 성문은 닫고 연구개는 중립 위치에 있어야 혀뿌리 근육으로 공기를 구강에서 비강 쪽으로 밀어낼 수 있다. 그런데 몸이 긴장하면 연구개가 막혀 아무리 공기를 혀뿌리 근육으로 밀어내도 이퀄라이징이 되지 않았다. 내가 아무리 몸에서 힘을 빼려고 해도 몸은 무의식적으로 긴장 풀기를 거부했다. 성문, 연구개, 경구개, 혀뿌리…. 도대체 이것들을 어떻게 세심하게 조율한다는 말일까? 내가 일상에서 제대로 인지하면서 산 적이 단 한 번도 없는 것들이었다. 글로 배울 수 없는, 스스로 경험을 통해 몸으로 체득해야 하는 것들이었다. 프리다이빙을 하면서 나는 책으로 배운 것들, 글로 쓰인 지식들이 다양한 앎의 세계 중 극히 일부에 지나지 않는다는 것을 체감했다.

오전에 바다 다이빙을 마치고 오후가 되면 나는 수영장에 걸터앉아 몸을 거꾸로 물속에 처박고 이퀄라이징을 계속 연습했다. 꼭 한두 명씩은 근처로 와서 훈련을 지켜봐주거나 다양한 방법을 제안해주었다. 호들갑 떨지 않으면서도 아무 대가 없이 타인에게 도움을 주려는 마음들이 부담스럽지 않고 달가웠다.

언젠가 친구에게 프리다이빙이 얼마나 좋은지를 푼수처럼 털어놓는데 친구는 혹하다가도 갑자기 걱정스러운 표정을 짓더니 사실은 프리다이빙을 배우기가 겁이 난다고 했다. 이유를 물으니 "죽을까봐…" 했다. 그러니까 실수로 죽는 것이 아니라 자신의 자살 충동 때문에 잠수하다가 죽으려 들까 봐 겁이 난다는 말이었다. 친구는 자기가 말한 것이 우스워 혼자서 낄낄 웃었다. 나도 같이 웃었다. 때때로 나는 그때 친구의 웃음이 생각난다.

주상 샘은 다이빙을 하면 살려는 의지가 얼마나 강한지를 확실히 알게 된다고 했다. 내가 그랬다. 숨이 조금만 차도, 배 속이 조금만 이상해도 나는 목표했던 수심을 포기하고 수면 위로 허겁지겁 올라온다. 나는 어려서부터 언제 죽어도 상관없다고 생각하며 지냈지만 하와이에서 교통사고를 겪고 진짜 죽을 고비를 넘기고 나니 그것이 전혀 진심이 아니었음을 알게 되었다. 짧은 사고의 순간 나는 '이렇게 죽을 순 없어. 억울해!' 하고 생각하고 있었다. 나는 살고 싶었다. 그것도 오래. 아름다운 이야기를 오랫동안 만들고 싶기 때문이다.

하와이에서의 교통사고와 스스로 숨을 참고 바다에 들어가는 프리다이빙, 둘 다 내가 일상에서 당연하게 여기던 삶의 감각에 균열을 냈는지도 모르겠다. 숨을 쉬고 살아 있다는 것을 자각하기 위해 숨을 참는 것일지도 모른다. 나는 사는 것을 좋아하고 누리고 있다. 삶이 살 만한 가치가 있는 것으로 느끼고 있다. 다만 선뜻 인정하지 못했을 뿐. 살고 싶다는 마음은 왜 조금은 창피하게 느껴질까?

아홉 번째 날

모노핀을 차고 내려간 화사 샘이 몇 번이나 실패하고 올라왔다. 두 개의 오리발로 이루어진 바이핀과는 달리 모노핀은 물고기 꼬리 모양으로 하나의 오리발에 두 발을 넣어 접영 발차기로 유영할 수 있게 되어 있다. 화사 샘은 누들* 위에 올라앉아 준비호흡을 했다. 순식간에 몰입하는 표정으로 최종호흡을 한 뒤 조용히 물속으로 잠수하는 모습을 나는 옆에서 조용히 관찰했다. 화사 샘은 계속해서 목표 수심에 도달하지 못하고 되돌아왔다. 수면으로 나온 화사 샘이 숨을 고르며 말했다.

"내려가는 동안… 내려가는 동안 내적으로 너무 많은 일이 일어나요."

화사 샘은 오래전 해냈던 개인 기록을 몇 년째 회복하지 못하고 있다고 했다.

"그건 내 수심이 아니었던 거죠. 한 번 갔다 온 적이 있을 뿐이지. 편하게 왔다 갔다 할 수 있는 수심이 내 수심인 것 같아요."

우리는 오전 다이빙을 마치고 근처 식당에서 코코넛 커피를 마시며 대화를 나누었다. 차분하게 자신

* 플라스틱 폼으로 되어 있는 긴 막대로 부력이 좋아 바다에서 편하게 몸을 띄우기 위해 쓰인다.

만의 도전을 하고 있는 화사 샘에 대해 좀 더 알고 싶었고 배우고 싶었다.

프리다이빙을 하다 보면 사람들이 말로 표현하지 않거나 표현할 수 없는 면들을 그들의 몸짓을 보면서 자연스럽게 알게 된다. 어떤 사람은 타인을 의식하며 머쓱해하거나 뽐내며 다이빙을 하고, 어떤 사람은 시간과 기회에 쫓겨 성과를 내기 위해 다이빙을 하고, 어떤 사람은 바다를 정복하고자 하는 마음으로 다이빙을 했다. 그리고 어떤 사람은 자신이 선택한 다이빙이라는 일에 진심으로 임할 뿐이었다. 화사 샘이 다이빙 하는 모습을 보면서 그가 얼마나 자신에게 집중하고 있는지 알 수 있었다. 그리고 그것이 화사 샘과 내가 만나는 방식이었다. 프리다이빙이 아니었다면 우리는 삶의 궤적이 겹칠 일이 없어 보였다. 코코넛 커피를 사이에 두고 대화를 나누며 그 사실을 화사 샘도 나도 천천히 알아가는 듯했다. 화사 샘을 바다에서 만나 다행이라고, 인스타그램 계정이나 이력서가 아니라 준비호흡을 하는 표정이나 아쉬운 다이빙을 마치고 난 후의 목소리 같은 것으로 만날 수 있어 기쁘다고 생각했다.

화사 샘은 대구에서 피아노를 가르치고 있는데 얼마 전 군인인 남편과 결혼을 했다. 프리다이빙을 어떻게 시작했냐고 물으니 이전 남자친구와 헤어진 덕분이라고 했다. 결혼까지 생각했던 전 남자친구와 헤어진 날, 화사 샘은 피아노 레슨을 하러 한 학생의 집에 갔다. 화사 샘의 표정이 좋지 않다는 것을 눈치 챈 학부모가 레슨이 끝나고 화사 샘을 불렀다. 그리고 식탁 위로 세계지도를 펼쳤다. 이 중에 어디를 가고 싶어요? 화사 샘은 바다가 있는 곳을 골랐고 그곳에서 처음으로 프리다이빙을 배우게 되었다.

보홀에 온 지 열흘이 다 되어가는데도 나의 수심은 10미터 근처에서 제자리를 맴돌고 있었다. 수심이 늘지 않는다는 이야기를 하니 화사 샘이 자신도 마찬가지라고 했다.

"바다에게 자꾸 거절당하는 것 같으니까 내려갈 때 스트레스를 받는 거예요. 사실 거절당한 게 아니라 내 문제인데."

이날의 다이빙 로그북이다.

○ **날씨**   맑음

○ **수온**   30℃

○ **슈트**   3mm

○ **웨이트**   허리 2kg/넥 1.5kg

○ **버디**   화사 샘, 와이 샘

○ **기록[입수 시각/수심/시간/종목]**

첫 번째 시도[오전 09:14/7.0m/0:54초/FIM)]
헤드-퍼스트로 내려갔다. 뻑뻑하게 이퀄라
이징되었다. 그래도 기대했던 것보다는 많
이 내려갔다.

....

두 번째 시도[오전 09:27/7.4m/0:56초/FIM]
헤드-퍼스트로 내려갔다. 첫 번째 시도와
비슷했다. 내려가면서 이퀄라이징을 할 때
숨을 많이 써서 숨이 차서 더 내려갈 수 없
었다.

....

세 번째 시도[오전 09:41/8.7m/1:01초/FIM]
수평으로 내려갔는데 헤드-퍼스트랑 별 차
이가 없네…?

네 번째 시도[오전 09:57/7.5m/1:04초/FIM]

어떤 다이빙을 했는지 정확하게 기억이 안 난다. 그만큼 내 몸에 대한 자각이 부족했 다는 뜻이겠지.

열두 번째 날

어젯밤 『파친코』를 쓴 이민진 작가의 강연 영상을 유튜브로 한참 보고 잤더니 꿈에서도 그와 계속 대화를 나눴다. 한국어로도 대화하고 영어로도 대화해서 두 개의 자아가 동시에 그와 만나는 것 같았다.

이 꿈을 기억해두고 싶은 것은 너무 슬프거나 너무 무서워서 꿈에서 깬 적은 있지만 너무 행복해서 꿈에서 깬 적은 처음이기 때문이다. 바다가 좋은 영향을 주고 있는 것일까. 이곳에서는 꿈에서도 바다가 자주 나온다. 꿈에서도 바다에서 논다. 그리고 눈을 뜨면 또 바다에 나가서 논다.

이민진 작가는 강연할 때 여유롭고 유머러스하다. 그러다 자기가 무언가를 말하거나 청중에게 무언가를 들을 때 갑자기 목소리가 떨리며 울기도 한다. 예를 들면 『파친코』를 쓴 이유에 대해서 말하다가 "그러니까 제가 결국 하고 싶었던 말은, 한국인의 이야기가 중요하다는 거예요. 당신의 이야기가 중요하다는 거예요"라고 말하며 운다. 또 미국에서 한인 2세로 자란 청년이 『파친코』를 읽고 어머니를 좀 더 이해하게 되었다고 말하며 "어떻게 해야 어머니에게 감사한 마음을 표현할 수 있을까요?"라고 묻자 미간을 찌푸리고 눈물을 글썽이면서 "이미 어머니는 느끼고 있을 거예요"라고 답한다. 갑작스레 마음이 심하게 움직여서 공적인 자리에서 우는 행동을 나도 많이 한다. 이민진 작가가 유튜브 영상 속에서 울면 나도 따라 운다. 그의 강연 영상을 여러 개 연달아 보면서 그가 모든 순간을 진심으로 대하고 있고 그 덕분에 독자도 관객도 그와 진심으로 만날 수 있었다고 느낀다. 그리고 그 지점이 인간에게 잠재된 신성이라고 느낀다. 인간에게 남아 있는 약간의 신적인 부분. 종교와 관계없이 말이다.

글쓰기 혹은 예술을 통해 인간이 하는 말은 결국 거의 비슷한 것이 아닐까. 수백 수천 년간 반복해서 이야기되어온 것들 말이다. 문제는 이것이 너무나 평범하고 익숙한 말들이라 사람들이 안다고 생각해서 흘려듣는다는 것이다. 어떻게 낯설게 말하고 어떻게 들리게 할지가 작가가 해야 할 역할일 것이다.

기관지가 부어 사흘 동안 다이빙을 못 했다. 이퀄라이징이 전혀 되지 않는다. 아침에 바다에 나가지 않겠다고 말할 때 눈치 보는 나를 본다. 아무도 뭐라고 하지 않는데도, 누구도 혼내지 않는데도 잘못을 저지르기라도 한 것처럼 변명하듯이 말하고 있다.

요 며칠 나를 사로잡았던 팟캐스트의 에피소

드를 들으며 필사했다. 팟캐스트 〈있는 그대로(On Being)〉에서 시인 데이비드 화이트가 출연한 '충분히 큰 언어를 찾아서(Seeking Language Large Enough)' 편이다. 이상하게 이 에피소드를 반복해서 듣게 된다. 진행자 크리스타 티펫은 시인을 이렇게 소개한다

"데이비드 화이트는 인간 경험의 대부분은 상실과 축하 사이의 대화라는 것을 상기시켜줍니다. 현실의 이러한 대화 같은 속성, 이것은 사실 생명의 드라마이기도 하지요."

나는 이 말을 곱씹는다. 인간 경험의 대부분은 상실과 축하 사이의 대화, 그리고 이것은 현실의 대화이기도 하지만 실은 모든 생명이 지닌 드라마…. 그렇다면 생명이 있는 것은 언제나 상실과 축하 사이를 오간다고도 할 수 있다. 곧, 우리는 살아 있는 한 잃은 것을 애도하고 얻은 것을 기뻐하는 일 사이를 오간다.

데이비드 화이트는 시인이자 해양생물학자다. 그는 갈라파고스섬에서 보낸 시간에 대해 말하며 과학의 언어로 자신의 경험을 충분히 정확하게 설명할 수 없다고 느껴 시를 쓰게 되었다고 말한다. 과학은 항상 '나'를 지우고자 하지만 시인은 주변에 관심을

기울이면서 깊어지는 '나'에 관심이 있다.

갈라파고스섬에서 2년 동안 제가 한 것은 몇 시간이고 동물과 새들, 풍경을 오래 바라보는 것이었어요. 굉장히 주변에 귀를 기울이는 상태였죠. 그러면서 천천히 깨달은 게 있어요. 내 정체성이 내가 가진 믿음, 내가 만들어낸 믿음, 혹은 다른 사람에게 물려받은 믿음이 아니라 나 아닌 다른 것에 얼마나 주의를 기울이느냐에 따라 깊어진다는 것을요. 이러한 지향과 관심이 깊어질수록 내가 이곳에 존재한다는 감각은 더 넓고 깊어지기 시작한다는 것을 알게 됐어요.*

여기까지 나는 여러 번 반복해서 듣고 일기장에 필사도 했다. 무언가 나에게 중요한 말을 하고 있는 것 같은데, 내 마음의 어떤 부분을 분명 건드렸는데, 그 의미를 정확히 파악할 수 없어서였다. 내가 잘 모르는 마음이었다. 나는 내가 아는 마음을 통해서 이

* 인용문은 https://onbeing.org/programs/david-whyte-seeking-language-large-enough/에 업로드된 영어 오디오 원본을 번역했다.

말들을 이해해보려고 애썼다. 갈라파고스섬에서 천
혜의 자연환경에 둘러싸여 해양동물을 관찰하는 그
의 모습을 상상하면서 나 자신에게서 풀로, 나무로,
새로, 거북이로, 고래로, 바다로, 자신을 확장해가는
그의 마음을 상상하려고 애썼다. 그는 이렇게 덧붙
인다.

　　무엇인가가 '진짜로' 일어나는 유일한 곳은
　바로 내가 나라고 생각하는 것과 내가 나라고
　생각하지 않는 것 사이의 경계예요. 당신이
　세상에 대해서 무엇을 바라든 세상은 당신
　바람대로 되지 않죠. 다행히 세상이 당신에 대해
　무엇을 바라든 당신 역시 세상 바람대로 되지
　않습니다. […] 일어날 일의 절반은 알려지지
　않았어요. 당신 안에서도, 밖에서도 말이에요.

　　나는 내가 모르는 마음을 알고 싶어서 그의 목
소리를 듣고 또 듣는다. 지금 여기가 나인 것과 내가
아닌 것의 경계여서, 그래서 아마도 무언가가 진짜로
일어나는 곳이어서.

열세 번째 날

○ **날씨**	햇빛 좋음
○ **수온**	30℃
○ **슈트**	3mm
○ **웨이트**	허리 2kg/넥 1.5kg
○ **버디**	차디, 센터에 새로 온 남자분

○ **기록[입수 시각/수심/시간/종목]**

첫 번째 시도[오전 09:24/6.2m/0:41초/FIM]
헤드-퍼스트로 내려갔다.

두 번째 시도[오전 09:32/4.7m/0:42초/FIM]
헤드-퍼스트로 내려갔다.

세 번째 시도[오전 09:39/6.2m/1:02초/FIM]
잘 내려가지지 않아 FIM으로 수평으로 내
려가보았다. 별 차이가 없어서 앞으로도 계

속 헤드-퍼스트 FIM으로 내려가기로 결정했다.

네 번째 시도[오전 09:47/5.9m/1:01초/CWT→FIM]
FIM이 잘되지 않자 CWT로 내려가보았다. 5미터 부근에서 막혔다.

다섯 번째 시도[오전 09:57/5.0m/0:32초/CWT]
마찬가지였다.

여섯 번째 시도[오전 10:04/5.4m/0:44초/CWT]
마찬가지였다.

일곱 번째 시도[오전 10:18/4.9m/1:02초/CWT]
CWT로 내려가되 막히는 구간에서 바로 올라오지 않고 잠시 기다리며 숨을 늘리는 연습이라도 했다.

여덟 번째 시도[오전 10:27/5.0m/1:25초/CWT]
CWT로 내겨가고 막히는 구간에서 30초가량 줄을 잡고 기다렸다.

오늘의 버디는 센터 선생님 중에서 가장 어린 차니였다. 수심이 전혀 늘지 않고 5미터 구간에서 더 내려갈 수가 없어 여덟 번째 시도 이후로 오늘 훈련을 포기했다. 부이에서 떨어져 산호초 주변으로 헤엄쳐 간 다음 펀다이빙을 했다. 사람들과 놀면서 잠수해 내려갈 때마다 산호와 그 주변을 돌아다니는 작은 물살이들을 구경했다. 바다에서 나와 다이빙 컴퓨터를 확인해보니 6.4미터, 6미터, 6.8미터 등으로 훈련할 때보다 더 깊은 수심을 다녀왔다.

부담감 때문에 다이빙이 더 어렵게 느껴지는 것 같다. 그렇지 않고서야 어떻게 펀다이빙을 할 때 더 깊이 내려갈까.

열일곱 번째 날

매일 아침 소와 닭이 우는 소리에 깬다. 동이 틀 때 수탉들이 어찌나 시끄럽게 울어대는지 아무리 피곤해도 한 번은 꼭 깨게 된다.

오전에는 혼자 마사지 숍에 가서 즐겁게 마사지를 받고 왔다. 바다를 오래 바라보며 산책을 하고 방에 돌아와 핸드폰을 만지며 소셜미디어를 들락날락하는데 내가 속한 세계와 내가 보고 있는 것들의 깊이와 넓이에 비해서 핸드폰 속 세계가 좁고 답답하게 느껴졌다. 페이스북도 인스타그램도 트위터도 네이버도 구글도 마찬가지였다. 좀 더 넓은 것을 구경하고 싶어서 손가락이 헤매는데 마땅히 가고 싶은 데가 보이지 않았다. 이 느낌을 기억해두고 싶다.

프리다이빙과 글쓰기의 공통점에 대해 생각해봤다.

첫째. 매번 두렵다.

둘째. 실력이 는다고 해서 더 쉬워지지 않는다. 새로운 과제가 눈앞에 또 나타난다.

셋째. 과제를 성취하면 즐겁고, 그로 인해 얻는 보상이 달콤하지만 하다 보면 그보다 더 넓고 큰 차원의 즐거움이 있다는 걸 알게 된다.

오늘 다이빙은 쉬었다. 좀 쉬면 기관지 상태가 괜찮아져 이퀄라이징이 잘되지 않을까 하는 기대감 때문이었다. 감기도 나아가고 있다.

이곳에서 행복할 수 있는 또 다른 이유를 안다. 하나는 돈을 벌지 않고 쓰고만 있기 때문이다. 그다음 이유가 매우 강력한데, 집안일을 하지 않기 때문이다. 바다에 갔다 돌아오면 리조트에 고용된 필리핀 사람들이 집안일을 싹 다 해둔다. 식사도 다 여기서 해결하고 설거지도 청소도 하지 않으니 행복할 수밖에 없다. 이곳에서 지낸 지 열일곱 날이 되었으니 이곳에서 일하는 필리핀 사람들은 나의 식습관과 생활 습관, 잠잘 때 침대 시트를 어떻게 흐트려놓는지조차도 대략 알게 되었을 것이다. 하지만 나는 그들에 대해서 아무것도 모른다. 한국인 다이버들은 서로에게 상냥하고 서로를 좋아하지만 리조트에서 일하는 필리핀 사람들에게는 관심이 없다. 일을 해주어서 고맙다는 간단한 인사도 거의 하지 않는다. 동네를 산책하다 보면 콘크리트로 지은 집도 많지 않다. 한 집에 사는 식구의 수가 엄청나게 많고 특히 아이들이 많다. 작년 이곳은 태풍의 피해를 크게 입었다. 현에게 안부 연락이 와 하와이에 다녀왔다가 이곳에 오니 사람들 삶의 격차가 너무 크게 느껴진다고 말하자 이런 답장이 왔다.

　　"거기는 거기대로, 여기는 여기대로 온전하고
아름답습니다."

열여덟 번째 날

주상 샘과 다이빙을 나갔다. 한국에서 며칠 전에 온 두 여성분과 함께였다. 친구 사이인 중년의 두 여성은 셀카를 많이 찍었고 옷차림이 화려했다. 피부에선 번쩍번쩍 광택이 났다. 두 사람 옆에서는 어쩐지 내가 초라하게 느껴졌다. 처음 올 때 챙겨 온 원피스를 캐리어에 넣어두고 지금까지 한 번도 꺼내지 않았는데 갑자기 입고 싶어졌다. 화장도 하고 싶었다. 바다에 들어가자마자 지워질 테지만.

바다에 도착해 부이를 내리고 처음 수평으로 웜업을 했다. FIM 헤드-퍼스트로 하강했다. 이후에는 CWT로 내려가는 연습을 했다. 그런데 하강이 잘 안 됐다. 또 10미터도 못 내려가고 올라오기를 반복했다. 반면, 새로 온 두 다이버는 쭉쭉 내려가며 기량을 늘려갔다.

오늘은 정말로 될 것 같았는데. 며칠 쉬고 컨디션을 회복하고 돌아온 것이라 정말 될 줄 알았는데. 보홀에 온 지 열여덟 번째 날이 될 때까지도 기존 수심을 회복하지 못하고 제자리걸음을 반복하자 아무리 노력해도 이 상황을 긍정적으로 받아들일 수 없었다. 감정을 주체하지 못해 눈물이 터지고 말았다. 한 번 터진 눈물은 멈출 수 없어 마스크 안을 축축하게 만들었다. 차가운 바닷물에 잠긴 입술이 떨렸다. 다저 사람들 때문이야. 트레이닝을 잘하고 있는 두 사람이 괜스레 미웠다.

사람들이 준비호흡을 하고 바다에 내려갔다 오는 동안 혼자서 떨면서 계속 울었다. 소리를 내지 않기 위해 입술을 꽉 물었는데 누가 말이라도 걸면 바로 오열할 기세였다. 눈물에 이어 콧물까지 나기 시작했다. 코가 꽉 막혀 수면에서도 이퀄라이징이 되지 않았다.

주상 샘이 마지막으로 한 번 더 내려가겠냐고 물어봤지만 싫다고 말하고 다이빙을 접었다. 우는 바람에 코가 이미 다 막힌 상태였다. 보트에 올라오자 와이 샘이 물었다.

"하미나 어땠어?"

대답을 못 했다. 매일 웃으며 보트로 오르던 내가 아무 말이 없자 다들 눈치를 채고 고맙게도 오늘의 성과에 대해 더 묻지 않아주었다. 보트에서 내려 리조트로 향하는 트럭 안에서 옆자리에 앉아 있던 와이 샘에게 사실은 다이빙을 하다가 울었다고 말했다.

"그리고 우니까 바로….""

"이퀄라이징이 안 되죠, 부어서."

와이 샘이 나 대신 대답했다. 말투를 듣자 하니 바다에서 몇 번 울어본 솜씨였다. 터덜터덜 트럭이 움직이는 대로 몸을 맡기고 있던 혜토리가 옆에서 무표정한 얼굴로 거들었다.

"난 어제도 울었어요."

혜토리는 강사 과정을 밟고 있는 내 또래의 여자 다이버였다. 세 달째 보홀에 머물고 있었는데 잦은 컨디션 난조로 다이빙을 하는 날보다 쉬는 날이 더 잦았다. 와이 샘은 내게 왜 울었는지 잘 생각해보라고 했다.

"혹시 뭘 하든 어렸을 때부터 잘하고 그랬어요?"

나는 약간 우쭐해져서 대답했다.

"맞아요. 저 이게 유일해요. 이렇게 못하고 소질 없는 거 처음이에요."

와이 샘이 그럼 그렇지 하는 표정으로 말했다.

"아, 난 이걸 유일하게 잘했거든요! 꼭 다 잘하던 애들이 그러더라고요. 잘 생각해봐요. 사실 잘할 필요 없고 여기 놀러 온 거잖아요. 미나 씨 이퀄라이징 안 되는 거, 심리적인 이유가 큰 것 같아요."

나는 잠시 고민하다가 말했다.

"계속 못하는 상태를 견디기가 어려운 것 같아요. 프리다이빙을 나 혼자만 오랫동안 짝사랑하는 것 같아요."

나는 말하다가 또 울먹거렸다. 그러자 와이 샘이 말했다. "근데 솔직히 그렇게까지 열심히는 안 했잖아요. 난 이거 매일 했는데…."

그 말도 맞았다. 바다에서 혼자 울어버렸다는 것을 털어놓고 와이 샘과 대화를 나누는 것만으로도 마음에 위로가 됐다. 트럭이 리조트에 도착하자 앞좌석에 타고 있던 주상 샘이 내리며 내 어깨를 가볍게 두들기고 지나갔다.

"오늘부터 미나 씨 특훈입니다."

그렇게 우리는 요가장에서 만났다. 주상 샘은 나의 콧망울과 볼의 모양, 목 근육, 턱의 움직임 등을 자세히 관찰하며 계속해서 피드백을 줬다. 나는 이퀄라이징을 도와주는 이퀄 밴드를 콧구멍 한쪽에 대고, 다른 쪽 콧구멍은 손으로 막은 상태로 혀뿌리 근육을 들어 올려 이퀄 밴드에 연결된 풍선을 부풀리려고 애쓰면서 연습을 했다. 주상 샘은 내게 과제를 주고 계속 연습시켰다. 완벽하게 될 때까지 옆에 있을 거랬다. 나는 누군가 꼭 붙어 잔소리하는 상황이 짜증나면서도 기뻤다. 내가 연습을 하는 동안 주상 샘은 고양이랑 놀다가 사람들이랑 놀다가 낮잠을 잤다. 나도 연습을 하다가 주상 샘과 고양이 옆에서 꾸벅꾸벅 졸기 시작했다.

열아홉 번째 날

어젯밤 꿈에서는 영어 듣기 시험을 보다가 문제를 전부 놓쳤다. 그런데 조급한 마음이 들지 않았다. 시험을 망치는 꿈, 혹은 중요한 시험이 있는 날에 늦잠을 자거나 지각하는 꿈은 대학 입시를 치른 이래로 지금까지 오랫동안 반복되어온 악몽이다. 악몽에서 나는 조급한 마음에 엄청나게 시달리다가 이러지도 저러지도 못하고 절망하며 깨곤 했다.

언젠가부터 꿈에서 나의 행동이 변화하기 시작했다. 꿈에서 나는 나를 재촉하는 사람에게 도리어 화를 낸다. 왜 이딴 걸 해야 하느냐고 따진다. 이러한 꿈의 변화는 내가 더 이상 시험이나 평가로 스스로 증명할 필요가 없음을 보여준다. 아무런 계기 없이도 나 자신을 증명할 필요가 없음을 알았다면 더 좋았을 테지만, 나는 한계가 많은 인간이라 어떤 방식으로건 나를 증명을 한 뒤에야 더 이상 나를 세상에 증명해 보일 필요가 없다는 것을 받아들였다.

나는 버지니아 울프가 『자기만의 방』에서 셰익스피어를 언급하며 남긴 말을 오래 간직해왔다.

항의하거나 설교하려는 욕구, 자신이 받은
모욕을 공표하거나 원한을 갚으려는 욕구, 세상을
자신이 겪은 곤경과 불만의 증인으로 삼으려는

욕구, 그 모든 욕구가 그에게서는 불타올라 소진되었습니다. 그러므로 그의 시는 방해받지 않고 자유로이 흐르는 것입니다. 만일 자신의 작품을 온전하게 표현할 수 있는 작가가 있었다면 그건 바로 셰익스피어였습니다.[*]

나 역시 원한 없는 마음을 갖고 싶다. 원한 없는 마음으로 창작하고 싶기 때문이다. 그것은 내가 가진 원한이, 분노가, 억울함이 자유로운 창작을 방해하고 있다는 것을 어렴풋하게 느끼고 있기 때문이기도 하다. 쉽게 익힐 수 있던 다른 많은 것들을 제쳐두고 이렇게 더디 느는 프리다이빙에 빠지게 된 것도 하면 할수록 내 안의 허물을 발견하게 되어서일지도 모르겠다.

오늘 다이빙에서 3주 만에 이퀄라이징이 터졌다. 나를 데리고 특훈을 계속한 주상 샘 덕분인지, 조금씩 찾아가던 이퀄라이징이 드디어 임계점을 만나 터진 것인지는 잘 모르겠다. 바다에서 돌아와 오늘의

[*]   버지니아 울프, 『자기만의 방』, 이미애 옮김, 민음사, 2006, 87면.

다이빙에 대해 이야기하니 하하 샘은 "집안의 경사"라고 말하며 축하해줬다.

내 기쁨을 누리고 있자니 그제야 나 말고도 자기만의 문제에 매달려 매일의 실패를 견디는 사람들이 보였다. 그 시도가 얼마나 고단한지 조금을 알 것 같았다. 무언가를 이루거나 성공하지 않은 날에도 물에, 바다에 들어간다는 사실만으로도 충분히 즐겁고 행복한 일이라는 것을 내가 잘 누릴 수 있다면 좋을 텐데.

인생이 가졌던 것을 잃어 애도하는 마음과 갖고 싶었던 것을 얻어 기뻐하는 마음 사이를 진동하며 살아가는 것이라면 매번의 다이빙이야말로 인생의 축소판이 아닐까. 사바아사나, 즉 송장 자세로 매번 죽었다가 다시 태어나는 요가처럼.

스무 번째 날

장비를 챙기고 사람들과 트럭에 올라 다 같이 다이빙을 할 수 있는 바다로 향하는 동안 오늘 나와 다이빙을 할 U사장과 대화를 나눴다. U사장은 필리핀 보홀에서 레스토랑 겸 카페를 운영하고 있는데, 하하 샘의 첫 번째 제자라고 했다. 평소에는 식당을 운영하지만 오늘처럼 센터에 사람들이 많을 때는 종종 프리다이빙 강사로 활동한다고 했다.

U사장이 다이빙 훈련을 어떻게 하고 있냐고 묻길래 이퀄라이징이 쭉 잘되지 않다가 3주째에 되기 시작했고, 그런데 FIM으로 하면 여전히 자신이 없으며, CWT로 할 때에만 잘된다고 했다. 이렇게 말하면서 나는 은연중에 오늘 다이빙에서 내가 자신 있어 하는 CWT를 많이 시킬 줄 알았다. 바다에서 U사장은 내게 FIM을 반복해서 훈련시켰다. 그리고 그것은 효과가 있었다.

웜업 다이빙을 두 번 하며 이퀄라이징이 잘되는지 확인했다. 각각 7.2미터, 9.2미터를 다녀왔다. 이퀄라이징이 무리 없이 잘 터지는 것 같아 안심했다. 다이빙 시간은 여전히 1분 내외였다. 세 번째 다이빙을 시작하기 전에 U사장이 내게 물었다. "혹시 호흡 충동이 오면 바로 올라오나요?" 나는 잠시 생각하다가 "그런 것 같아요"라고 대답했다.

"호흡 충동이 오면 속으로 열까지 더 세고 올라온다, 아니면 줄을 두 번 더 당겨본다, 이런 식으로 내려가기 전에 스스로 약속을 하고 가보세요."

나는 U사장의 말을 기억하며 B사장이 나 다음으로 다이빙을 하는 것을 지켜보았다. 역시 보홀에서 레스토랑을 운영하고 있는 B사장은 턱수염을 기르고 터프해 보이는 남자였는데 5미터 구간쯤 되자 온몸이 긴장해 뻣뻣하게 굳어갔다.

"이퀄라이징이 안 돼요."

B사장은 물 밖으로 나와서 며칠 전 내가 바다에서 했던 말을 거의 똑같이 했다. U사장이 B사장에게 이런저런 조언을 해주는 동안 나는 준비호흡을 시작했다. 세 번째 다이빙에서 나는 FIM으로 내려갔다. 내려가다가 호흡 충동이 오자 속으로 지금부터 두 번 더 줄을 당겨보자고 생각했다. 그렇게 했더니 다이빙 시간이 20초 정도 늘었고 13.8미터까지 다녀올 수 있었다.

잠수해서 내려가다가 더 이상 버틸 수 없다, 이러다 죽는다, 하고 생각하고 턴을 하자마자 그럴 필요가 없었다는 걸 깨닫는다. 보통 나는 잠수 후 1분 정도에 호흡 충동을 느끼는데 사실 그보다 훨씬 오래 숨을 참을 수 있다. 이걸 긴장한 순간에도 기억하기 쉽지 않다.

좀 더 깊이 내려갈 수 있게 되자 U사장이 이번에도 FIM으로 내려가되 속도를 내보라고 했다. 나는 고개를 끄덕이고 준비호흡을 하며 머릿속으로 내려가면서 호흡 충동이 오고 수심이 깊어질수록 압박감을 느껴 당황하는 나를 미리 상상했다. 분명 괴롭겠지만 받아들이자고, 여러 번 겪어본 거니까 이번에도 버틸 수 있다고, 힘을 풀고 불편함을 받아들이자고 다짐했다.

FIM으로 내려가면서 계속 스스로 다독였다. CWT로 내려갈 때는 몇 번 하지 않아도 이퀄라이징이 충분히 됐던 걸 기억하고 수면에서 5미터 구간까지 귀에서 고막이 시원하게 뚫리는 느낌이 없어도 안심하자. 혹시나 수압 때문에 고막이 안쪽으로 먹혀 들어가도 그걸 뚫을 만큼 내 이퀄라이징이 강해졌다는 것도 떠올렸다.

준비호흡을 하면서 상상했던 대로 10미터 구간을 지나자 가슴이 답답하고 올라가고 싶어졌다. '할 수 있지? 그럼! 충분히 할 수 있어!' 불편함을 느끼자 나는 자동으로 되뇌었다. 그렇게 더 내려가다 보니 바텀이었다. 올라와보니 21미터, FIM으로는 처음 가보는 수심이었다.

다음 번 시도에서는 CWT로 내려갔다. CWT로는 21미터를 내려가기가 무척 수월했다.

나는 U사장에게 24미터를 내려달라고 했다. 아이다3(AIDA3)* 자격증을 따기 위해서 도달해야 할 수심이었기 때문이다. U사장이 말했다.

"알았어요. 그 이상 내릴게요."

몇 미터를 내리는지는 알려주지 않았다.

다이빙이 연이어 잘되자 나는 조금 신났다. 준비호흡과 최종호흡을 하고서 바다로 들어갔다. 다이빙이 무척 편안했다. 손목에 찬 다이빙 컴퓨터에서 20미터 구간을 넘었다는 알람이 울렸다. 수심이 깊어

---

* 아이다 자격증은 크게 4단계로 나뉘는데 각각의 레벨마다 통과해야 할 자격 요건과 배우는 내용이 다르다. 가령 아이다2 자격증을 따기 위해서는 2분 간의 스태틱 앱니어, 40미터 다이내믹 앱니어, 12미터의 CWT와 이론 시험을 통과해야 한다. 내가 도전하고 있던 아이다3 자격증의 요건은 2분 45초간의 스태틱 앱니어, 55미터 다이내믹 앱니어, 24미터 CWT와 이론 시험 통과다. 더 높은 레벨의 자격증을 갖출수록 대체로 더 높은 기량의 다이버가 되었다는 것을 의미하지만 당연히 이것이 다이버의 실력을 나타내는 전부는 아니다. 자격증만 갖추었을 뿐 바다 경험이 적을 수도 있고, 자격증 하나 없지만 바다에서의 경험이 풍부하고 깊은 수심을 편히 오가는 다이버가 있을 것이다.

지자 압박감을 느꼈다. 본능적으로 숨을 들이마시는 것처럼 배를 끌어당기며 횡격막을 들썩였다. 들어올 숨이 없는데도 수심 압박을 느끼자 몸이 저절로 반응했다. 그렇게 하면 왠지 몸이 편해지는 것만 같았다. 내려가면서 조금씩 이퀄라이징이 잘 안 되는 것 같았지만 귀가 아프거나 고막이 먹혀 들어가는 느낌이 없어 계속 내려갔다.

목표물인 캔디볼*을 확인하지 않고 줄만 보고 내려갔다. 캔디볼을 보는 순간 목표에 도달하고 싶은 마음에 심장이 뛰기 때문이었다. '목표물을 보고 가지 말고 줄만 보고 내려가라, 갈 수 있는 데까지 가다가 올라오면 된다, 그렇게 실력을 늘려가는 거다.' 내

---

*　부이 아래 내려진 줄의 끝에는 바텀 플레이트가 있다. 대회 때에는 이 바텀 플레이트에 벨크로로 부착되어 있는 흰색의 작은 천 조각을 떼어 온다. 바텀 플레이트 2미터 위 구간은 캔디 케인 존(Candy Cane Zone)이라 해서 CWT 종목에 참여하는 선수도 방향 전환을 위해 손으로 줄을 잡을 수 있는 유일한 구간이다. 캔디 케인 존 가운데, 곧 바텀 플레이트 1미터 위에는 줄에 테니스공이 붙어 있는데 이를 캔디볼이라고 부른다. 캔디볼은 잠시 뒤 바텀이라는 것을 알려주는 신호이기도 하고, 다이버와 함께 하강하던 랜야드에 제동을 걸어 다이버가 바텀 너머로 하강하지 않도록 고정해주는 역할도 한다.

게 프리다이빙을 가르쳐준 선생님들이 공통되게 강조한 부분이다.

곧이어 캔디볼이 나왔다. 기뻐하며 상승하니 U 사장이 마중 나와 있었다. 반갑고 든든했다. 올라와서 "아임 오케이"를 외치고 웃었다. 뒤늦게 수심을 확인하니 27미터였다. 더 갈 수 있겠다는 생각이 들었다. 부이로 올라오니 잔기침이 나왔다. 목구멍 뒤쪽에서 피 맛이 느껴졌다.

훈련을 마치고 보트 위로 올라왔다. 그날의 훈련을 마친 다른 부이의 사람들도 보트 위로 올라왔다. 서로 다른 감회를 지닌 다이버들을 태운 보트가 해변을 향했다. 와이 샘이 오늘은 몇 미터나 갔냐고 묻길래 쑥스러워하면서 27미터라고 이야기했다. 보트에 타고 있던 사람들이 축하해줬다. 옆자리에 앉아 있던 외국인 다이버에게 와이 샘이 웃으며 말했다.

"더 데이 비포 예스터데이, 디스 프렌드 웬 투 파이브 미터. 벗 투데이 쉬 웬 투 트웬티 세븐 미터."

나는 웃으며 듣다가 또 잔기침을 했다. 와이 샘이 바로 물어봤다.

"기침 왜 해요?"

"목이 간지러워서요."

그러자 앞에 앉아 있던 다른 다이버가 말했다.

"카악 퉤 하고 보트 바닥에 침 뱉어봐요."

"카악 퉤!"

보트 바닥에 침을 뱉었다. 피가 섞여 나왔다.

"스퀴즈."

침을 뱉어보라고 했던 다이버가 말했다.

"밑에 내려가서 배 끌어당겼어요?"

와이 샘이 물었고 내가 그렇다고 하자 그래서 스퀴즈(압착)가 온 것이라고 했다. 침에 분홍색 거품이 섞여 있지 않은 것을 보니 폐에 압착이 온 것은 아니고 기관지 압착이라며 조금 쉬면 나을 것이라고 했다. 수심이 깊어지면 폐를 비롯해 몸에 공기가 들어 있는 공간들이 쪼그라드는데 기관지 안에 공간이 좁아진 상태에서 배를 끌어당기니 기관지 내 통로가 서로 부딪혀 상처가 난 것이다. 와이 샘이 옆에서 말했다.

"갑자기 수심을 22미터나 늘리니까 압착이 오지!"

리조트에 돌아와 점심을 먹는데 주상 샘이 다가와 손가락 끝에 집게를 물리고 산소포화도를 체크했다. 혹시 모르니 폐 압착이 아닌지 확인해야 한다고 했다. 폐 압착이 오면 응급실행이었다. 산소포화도는 정상이었다.

보트를 타고 돌아올 때부터 나는 다음 단계로 나아갈 생각을 했다. '이제 드디어 아이다3이 되었다. 보홀에서 지낼 수 있는 기간이 일주일 정도 남았으니 주말 대회가 지나고 나면 아이다4 과정을 해야지.' 아이다 레벨 자격요건 중 스태틱 앱니어나 다이내믹 앱니어는 밍 언니와 훈련하며 레벨4의 자격요건까지 이미 갖춘 상태였다. 오랫동안 이퀄라이징 문제로 수심 요건을 만족시키지 못해 레벨 업 하지 못했는데 수심이 뚫리기 시작했으니 아이다4 수료는 일주일로도 충분하다고 생각했다.

점심을 먹고 나서 하하 쌤에게 내 계획을 이야기했다. 자격증 이수는 센터에도 금전적인 이득이 되니 흔쾌히 동의하시리라 생각했다. 하하 쌤은 내 얘기를 듣더니 일말의 고려도 없이 단호하게 거절했다.

"안 돼요. 다이빙 그렇게 하는 거 아니에요. 너무 빨라요. 시간도 부족하고요. 한 달 정도 시간이 더 있으면 해보라고 할 텐데 지금은 일주일밖에 없으니까요. 남은 일정 동안 20~30미터 수심에 익숙해지도록 훈련하세요."

그리고 웃으면서 옆자리에 앉아 있던 은은 쌤과

나를 번갈아 보며 이야기했다.

　"수심마귀가 씌었네…. 원래 실력이 갑자기 늘 때가 위험한 거예요. 수심 욕심이 생겨서 다른 사람 말은 안 듣고 또 들리지도 않고 더 깊이 내려가고만 싶거든요. 그걸 수심마귀가 씌었다고 해요. 우리 모두 한 번씩은 그런 때를 겪어요."

　나는 바로 수긍했다. 욕심을 버리고 남은 기간 동안 수심에 익숙해지는 연습을 하기로 했다.

스물두 번째 날

여기 처음 왔을 때부터 이번 주말에 프리다이빙 대회가 있다는 것을 알고 있었지만 수심이 늘지 않아 선뜻 등록하지 못했다. 그러다 센터에서 함께 훈련하던 다이버들이 경험 삼아 꼭 출전해보라고 설득해서 참가 등록을 했다. 대회에서 상위권에 드는 것이 중요한 게 아니라 대회와 같이 긴장될 수밖에 없는 상황에서 다이빙을 해보는 경험이 큰 도움이 된다는 것이었다.

대회는 짧게는 이틀 길게는 보름에 걸쳐 진행된다. 60미터 이상의 딥다이빙의 경우 급격한 수압 변화가 몸에 무리를 주기 때문에 훈련할 때에도 하루에 단 한 번의 다이빙만을 한다. 깊은 수심을 다양한 종목으로 다녀오고자 하는 선수들이 있기에 대회는 여러 날에 걸쳐 진행된다.

선수가 자신이 다녀올 수심을 스스로 정한 뒤 대회 전날까지 주최측에 전달하고, 이를 안전하게 다녀오면 화이트 카드를 받는다. 옐로우 카드는 잘 다녀왔으나 감점이 있다는 표시이고 레드 카드는 실격이다. 대부분 대회는 화이트 카드를 받은 선수 중 가장 깊은 수심을 다녀온 다이버가 우승하는 시스템이지만 보홀에서 내가 참가한 대회는 그렇지 않았다. 화이트 카드를 받은 모든 선수 중 추첨을 통해 상품을 줬다. 몇 미터의 수심을 다녀오건 다 같은 다이버라는, 이곳에서 줄곧 들어온 이야기가 힘을 받는 순간이었다.

오늘은 대회 전 체크 다이빙을 하는 날이었다. 주상 샘과 다른 세 명의 다이버와 부이를 함께 썼다.

○ **날씨**	맑음
○ **수온**	30℃
○ **슈트**	3mm
○ **웨이트**	허리 2kg/넥 1.5kg
○ **버디**	주상 샘, 대회에 참여하러 한국에서 오신 다이버 세 분

○ **기록[입수 시각/수심/시간/종목]**

첫 번째 시도[오전 09:32/10.7m/1:11초/FIM]
웜업 다이빙이었다. 내려가다가 숨이 차서

올라왔다.

두 번째 시도[오전 09:46/12.5m/1:13초/FIM]

첫 번째 시도보다는 깊게 내려갔지만 역시 이퀄라이징을 하면서 힘을 너무 쓰는 바람에 숨이 모자라 더 내려가지 못하고 올라왔다.

세 번째 시도[오전 10:09/11.7m/0:38초/CWT]

CWT로는 잘 내려갈 줄 알고 기대하며 내려갔는데 이퀄라이징이 10미터 부근에서 막히기 시작했다. 더 내려가면 부상의 위험이 있을 것 같아 체념하고 올라왔다.

네 번째 시도[10:31/15.7m/0:59초/CWT]

이퀄라이징이 잘되지 않아 충분히 휴식을 취하고 내려갔는데도 그다지 깊게 내려가지 못했다.

생각보다 이퀄라이징이 편안하게 되지 않아서 걱정하며 하강하고 걱정하며 상승했다. 대회 전날 마

지막 다이빙인데 편하지 않아 불안했다. 이틀 전에 편하고 신나게 다이빙했던 것을 생각하며 다이빙은 정말 매일매일이 다르구나 실감했다. 그래서 오늘 잘 됐다고 방정맞게 기뻐하지도, 못했다고 크게 슬퍼할 필요도 없겠다고 생각했다.

스물세 번째 날

첫 대회다. 생각보다 크게 긴장이 되지는 않았다. 두 번째 웜업 다이빙까지도 전처럼 이퀄라이징이 팡팡 터지는 느낌이 아니어서 더 깊이 내려가지 않고 올라 왔다. 두 번째 웜업 때는 긴장한 탓인지 5미터와 10미 터 구간에서 울리게 되어 있는 다이빙 컴퓨터의 알람 이 들리지 않았다.

드디어 본 다이빙. 최종호흡을 하고 들어가서 첫 번째 이퀄라이징을 할 때 먹먹한 귀가 팡 하고 터 지지 않으면 내가 불안해하는 경향이 있음을 알아차 렸다. 그런데 이퀄라이징이 매번 좋을 수는 없으니 컨디션이 약간 저조해서 다이빙이 잘되지 않을 때에 도 그 생각에 파고들어 망했다고 성급하게 결론 내리 지 않고, 좋지 않은 느낌은 그것대로 받아들이고 그 안에서 최선을 다하는 연습을 해야 한다. 내가 습관 적으로 망했다는 말을 할 때마다 와이 샘이 그렇게 조 언했다. "이번에는 망했으니 포기하고 다음에 잘해야 겠다고 생각하면 안 돼. 지금 잘해야 해."

5미터에서 10미터로 내려가는 구간에서 이퀄라 이징이 시원하게 터지진 않았으나 고막이 안쪽으로 먹혀 들어가지 않으면 된 거라는 믿음을 가지고 계속 내려갔다. 하강하다가 목 근육을 좀 더 강하게 움직 여 세게 하면 이퀄라이징이 터질 때도 있었다.

10미터에서 15미터로 내려가는 구간, 내가 싫어하는 수심에서 수압을 받자 나도 모르게 배를 끌어당기려고 했고 그 순간 당황해서 이퀄라이징을 하지 않고 몇 미터를 통과해버리는 바람에 귀가 먹먹해지기 시작했다. 눈앞에 보이는 줄을 잡고 멈추고 싶었다. 대회 종목을 CWT로 적어 냈기 때문에 눈앞의 줄을 잡으면 레드카드를 받게 되고 그것은 곧 실격을 의미했다. 레드카드를 받으면 겪을 일들이 짧은 순간에 머릿속으로 빠르게 스쳐 지나갔다. 귀에 압박이 좀 더 느껴졌지만 버텼고 그러고 나니 곧이어 눈앞에 캔디볼이 나타났다. 다행이라고 생각하며 바텀에서 날 기다리고 있던 태그를 떼어가지고 턴했다. 올라오는 길은 하나도 고되지 않았고 숨도 체력도 충분했다. 부이로 올라와 심판을 바라보며 "아임 오케이"를 외쳤다. 왼쪽 저편에서 흐뭇하게 웃고 있는 주상 쌤의 모습이 보였다. 잠시 뒤 "화이트 카드!" 소리가 들렸다. 주변에서 물을 뿌리며 축하해주었다.

　　배에 올라타 내가 다녀온 수심 19미터를 적어 놓은 보드를 들고 사진도 찍고 리조트로도 잘 돌아왔지만 어쩐지 마음이 개운하지 않았다. 샤워를 하면서 다음 날 다이빙할 것이 걱정되기 시작했고 마음에 부담이 생기자 쫓기는 기분이 들었다. 샤워를 다 마치고 욕실에서 나올 때쯤에는 내일 대회에 나가지 않는 것으로 마음을 굳힌 상태였다. 사람들이 분명 대회에 나가라고 설득할 테니 마음 단단히 먹고 결정을 알리자고 생각했다.

점심을 먹으면서 와이 샘이 오늘 다이빙 어땠냐고 묻길래 사실은 다이빙이 불편했다고 이야기했다.

"화이트 카드를 받기는 했지만….."

"기쁘지가 않죠."

와이 샘이 받아서 대답했다.

"내려가면 고작 1분에서 2분 사이잖아요. 그런데도 내적으로 많은 일이 일어나요."

내가 말하자 그 자리에 앉아 있던 사람들이 일제히 고개를 끄덕였다. 와이 샘이 덧붙였다.

"무슨 일이 벌어졌는지 말해줘요."

나는 본 다이빙에서 일어났던 일들을 이야기했다. 그리고 내일 대회에 출전하지 않겠다고 말했다. 말하자마자 모두가 말렸다.

"어어… 절대 안 돼!"

잘할 필요 없으니 목표 수심을 낮춰서 대회에 나가라는 거였다.

"오늘 19미터 다녀왔죠? 15미터로 고쳐서 내요. 그래도 돼요. 그러면 전 세계 최초일지도? 첫째 날 화이트 카드 받았는데 둘째 날 목표 수심 낮춰서 내는 사람이요."

나는 한숨을 쉬었다.

"하, 다이빙 진짜 잘될 때는 하강할 때도 거의 수평으로 가는 것처럼 편안하거든요. 그런데 오늘은 아니었어요."

"5미터를 적어서 내도 돼요."

"5미터를 적었는데 만약에 못 내려가면요?"

와이 샘이 큭큭대면서 덧붙였다.

"덕다이빙하고 들어갔는데 수평으로 잠수하고 올라와서 '와, 완전 수평으로 가는 것처럼 편안했어요!' 하고 또 해맑게 웃으면서 올라오는 거 상상하니까 너무 웃겨요."

우리는 깔깔 웃고서 헤어졌다. 나는 목표 수심을 FIM 15미터로 적어서 제출했다.

못하는 연습, 내려놓는 연습, 욕심을 버리는 연습, 힘 빼는 연습을 계속 하고 있다. 마구 몰아치고 한계까지 몰아붙여 내가 성과를 내게 하고 성장시키는 방식으로 지내왔다. 그렇게 해서 좋은 결과들을 얻어왔지만 그보다 더 크고 넓은 것을 갖고 싶다. 오래 살고 싶어졌기 때문이다. 아름다운 이야기를 많이 만들고 싶어서. 그러려면 지금과 같은 속도와 방식이어서는 안 됐다. 그걸 배우려고 보홀에 왔나 보다.

스물네 번째 날

욕심을 버리고 FIM 15미터로 목표 수심을 제출하고
나니 마음이 무척 편했다. 아침에 일어났는데 마음에
부담이 하나도 없었다.

대회장으로 이동해 내게 주어진 입수 시간보다
조금 일찍 바다로 나갔다. 물에 들어가니 아늑하게
느껴졌다. 첫 번째 웜업에서 편할 때까지만 내려갔다
오자 싶었는데 16.3미터까지 갔다. 체력을 아끼기 위
해 더 이상 웜업을 하지 않았다.

핀을 차고 있는데 와이 샘이 다가와 FIM 종목
이니 핀을 벗어야 한다고 했다. 핀을 벗고 다이빙 양
말도 벗는 게 어떠냐고 했다.

"발가락에 바닷물 닿으면 모아나 된 기분이거
든요."

다이빙 양말을 벗으니 부이 아래로 내려진 줄에
발가락을 끼우기에도 더 편했다. 차가운 바닷물이 발
가락 사이사이를 감쌌다. 바다와 더 가까워지는 느낌
이었다. 핀이 주는 부력이 없으니 바다에 떠 있기가
평소보다 힘들었다. 내가 물속에서 어색하게 버둥대
자 와이 샘이 어딘가에서 누들을 가져다줬다. 부력이
좋은 누들을 다리 사이에 끼고 앉아 있으니 몸을 가누
기가 훨씬 편했다.

프리다이빙 대회는 목표 수심이 깊은 순서대로

진행되기 때문에 깊은 수심을 써낸 사람일수록 경기가 일찍 끝난다. 53미터를 써낸 와이 샘은 일찌감치 자신의 다이빙을 마치고 바다 위에서 대회를 지켜보며 놀고 있었다. 그날 개인 기록을 달성한 사람이면 으레 그렇듯 기분이 좋아 보였지만 아직 다른 사람들의 차례가 많이 남았으니 기쁨을 자제하는 것 같았다.

　　나는 부이에 떠서 대회에 참가하는 사람들의 경기를 지켜봤다. 준비호흡을 하는 동안 다이버들은 주변 상황이 어떻든 간에 지금 순간에 집중하며 호흡을 고르기 시작한다. 가만한 그 표정은 평화롭다. 나는 다이버가 집중하며 준비호흡을 하는 그 표정에 사로잡혀서 프리다이빙에 빠지기도 했다. 오로지 자신과 바다에만 집중하는 표정. 웃음기 없는 표정. 타인을 의식하지 않는 표정. 일상에서 볼 수 없는 표정. 마치 침대 위에서 나와 섹스하는 사람에게서만 볼 수 있는 표정처럼.

　　심판이 2분 안에 잠수하라는 안내를 한다. 심판이 소리쳐 말해도 준비호흡을 하는 선수의 표정에는 동요가 없다.

　　"30초 전."

　　"10초 전."

"5, 4, 3, 2, 1."

"입수."

나는 바닷속으로 내려가는 다이버의 모습을 지켜본다. 그가 깊이, 더 깊이 내려가고 시야에서 사라진다. 1~2분이 지나고 수면을 향해 올라오는 다이버가 보인다. 미리 다이버를 맞으러 내려가 있던 세이프티 세 명이 다이버와 눈을 맞추며 함께 올라온다. 홀로 바다 깊이 잠수했던 다이버가 올라올 때는 세 명의 세이프티 다이버와 함께라는 점이 좋다.

나는 다른 선수가 시합을 할 때 혼자 수면 위에 얼굴을 묻고 마치 내 시합처럼 여러 번 머릿속으로 함께 다이빙을 했다.

스물일곱 번째 날

릴라 고래상어 투어에 다녀왔다. 고래상어를 보러 간다고 하자 센터에 있는 사람들은 대체로 떨떠름한 표정을 지으며 "그래 한 번 정도는 가볼 만해" 하고 말했다.

투어는 얼마 전 수심 훈련을 위해 센터에 도착한 용 샘과 함께 갔다. 용 샘은 극도로 수줍음을 타는 것인지 아니면 극도로 내가 싫은 것인지 가는 내내 말도 없을뿐더러 내 눈도 제대로 마주치지 않았다. 용 샘은 인도어 대회에서 다이내믹 앱니어로 계속해서 국가 기록을 경신하는 중이었다.

실제로 가보니 그렇게 말한 이유를 알 것 같았다. 릴라 지역에서 크릴새우를 뿌려 고래상어를 유인한 뒤 이들을 관찰하는 투어였는데 크릴새우의 비린내도 심하고 물도 탁하고 무엇보다 고래상어에게 전혀 이롭지 않은 인간의 이기적인 짓이란 자각이 들었다. 해양생물은 바다에서 우연히 자연스럽게 그들이 허락할 때 마주하는 것이 최선이다.

저녁에 사람들과 삼겹살과 소주를 먹으러 갔다. 간단하게 먹고 일찍 돌아오려고 했는데 즐거운 마음에 만취할 때까지 마시고 말았다. 아이다3 과정도 무사히 잘 마쳤겠다, 대회에서 양일 모두 화이트 카드를 받았겠다, 마음의 경계를 풀고 편히 취하지 않을 이유가 없었다.

　나뿐만이 아니라 모두가 취했다. 와이 샘과 속 깊은 이야기를 무척 많이 했다. 나는 와이 샘에게 글쓰기가 지금까지 나에게 무엇을 가르쳐줬는지 이야기했고 와이 샘은 프리다이빙이 지금까지 그에게 무엇을 가르쳐줬는지 들려줬다. 갑자기 혜토리가 내게 말했다.

　"미나는 우리에게 엄청 선 그어."

　옆에서 와이 샘이 격하게 고개를 끄덕였다.

　"내가? 그럴 리가? 나 전혀 안 그러는데?"

　와이 샘이 대답했다.

　"아니야, 진짜 선 그어. 더 가까이 오지 못하게."

　숙소로 돌아와 용 샘 방에서 좀 더 술을 마시며 수다를 떨었다. 와이 샘과 내가 너무 재밌게 이야기를 하니까 둘이 너무 친한 것 아니냐고 차디가 핀잔을 줬다. 그럴 때마다 머쓱해서 내가 우리 둘은 베프라고 그랬다. 그렇게 말하고 나니 와이가 정말 나의 오랜 친구로 느껴졌다. 차디는 사촌동생 같았고 주상 샘은 아빠 같았다. 내가 술을 마시다가 주상 샘을 보고 "아빠!"라고 외치고 혼자 깔깔 웃었다. 와이가 옆에서 질색팔색했다. 용 샘은 취해서 일어나 랩을 했다.

"난 핸들이 고장 난 에잇톤 트럭 내 인생은 언제나 삐딱선 세상이란 학교에 입학 전 나는 꿈이라는 보물 찾아 유랑하는 해적선."*

엄청나게 수줍음을 타는 용 샘이 갑자기 래퍼가 되어 신나서 랩을 하니까 술자리에 있던 모두가 뒤집어졌다. 사람들이 자꾸 웃길래 나는 용 샘 공연 중이니 진지하게 들으라고 웃음을 참으며 다그쳤다. "아무도 웃지 마! 박수 쳐!" 주상 샘은 형광등을 빠르게 껐다 켰다 하며 번쩍이는 조명을 흉내 냈다. 모두가 내일의 다이빙을 위해 일찍 잠드는 조용한 보홀에서 드물게 요란한 밤이었다. 용 샘은 랩이 끝나자 다시 침대에 그대로 고꾸라져 잠들었다. 나 역시 어떻게 왔는지 모르게 숙소로 돌아왔다. 차디가 데려다줬다고 했다.

*   다이나믹듀오, 〈고백(Go Back)〉의 가사 중 일부다.

스물여덟 번째 날

아침에 일어나니 어젯밤 만취했다는 것이 새삼 실감이 났다. 베개에 반사되어 돌아오는 숨결에 술 냄새가 가득했다. 술이 덜 깬 상태로 아침을 먹으러 식당으로 내려갔다. 모두가 웃으면서 다이빙하러 갈 수 있겠냐고 물었지만 마지막 날이니 꼭 할 거라고, 할 수 있다고 답했다.

"팔라오 바다와 작별 인사 하고 올 거예요."

어쩐지 컨디션이 더 좋은 것 같았다. 식당에서 먹는 둥 마는 둥 하며 앉아 있으니 늦잠을 잔 사람들이 하나둘 내려왔다. 눈이 마주칠 때마다 벙싯벙싯 웃었다. 다들 어젯밤 취해서 방 안에서 고래고래 노래를 불렀던 것을 떠올리며 창피해 죽으려고 했다. 사실 나는 창피하지 않았지만 강사인 주상 샘, 와이, 차디는 특히 더 창피해했다. 은은 샘이 어젯밤 일을 알면 자기들은 죽는다고 했다.

내가 바다에 나가겠다고 하니까 헤토리도 따라나섰다. 미리 배정되어 있던 조를 조정해서 나, 헤토리, 와이, 이렇게 셋이 오늘의 다이빙을 하게 됐다.

바다로 나가는 보트 위에서 우리는 오늘 훈련하기보다는 놀기로 결정했다. 부이를 내리고 셋이 망망대해를 둥둥 떠다니며 뜻 없이 계속 웃었다. 바보 같고 즐거웠다. 순간 혜토리가 입맛을 다시더니 토할 것 같다고 했다.

"물고기 밥 주겠네요."

내가 말했다. 혜토리는 특유의 뚱한 표정으로 혼잣말을 했다.

"흠, 지금 토하면 뭐가 나오지….."

와이가 옆에서 거들었다.

"난 오늘 아침에 김치 나왔어."

물속에 들어가니 몸이 편했다. 대회도 끝나고, 자격증 과정도 끝났으니 오늘 바다에서는 즐기기만 하면 됐다. 부담이 조금도 없는 마지막 다이빙이었다.

FIM으로 두 번의 웜업 다이빙을 했다. 두 번 모두 편안하게 15미터까지 다녀왔다. 좋았다, 무척. 이 퀄라이징도 강도를 조절하면서 해나갈 수 있었다. 평소에 하던 것처럼 세게 할 필요가 없었다. 살짝만 고막을 밀어줘도 충분했다. 이걸 마지막 날에야 알다니.

혜토리가 준비호흡을 시작했다. 혜토리의 얼굴에서 순식간에 웃음기가 빠졌다. 뚱한 얼굴이 자기 얼굴인 사람이 사람들 앞에서 웃음 지어야 하는 일을 하느라 얼마나 고단했을까. 혜토리는 골프장에서 오래 일했댔다. 혜토리가 바다로 들어갔다가 잠시 뒤

돌아왔다. 물 밖으로 나와서 고개를 끄덕이며 딱 한 마디를 했다.

"응. 좋다."

이어서 나도 20미터를 다녀왔다. 다녀와서 나도 말했다.

"응. 좋다."

와이가 말했다.

"우리한테 너무 얕다."

그리고 자기가 한 말에 웃었다.

"20미터를 얕다고 말하는 우리가 재밌다."

나는 와이에게 줄을 더 내려달라고 말했다. 더 내려가고 싶은 것이 아니라 더 내려갈 수 있을 것 같았다. 와이가 줄을 내리기 전에 되물었다.

"그 마음은 뭔데."

"더 갈 수 있을 것 같아서요."

와이가 말없이 줄을 더 내려줬다.

나는 준비호흡을 시작했다. 슈트 밖으로 삐져나온 머리카락을 헤토리가 정리해주었다. 스노클을 입에 물고 보이지 않는 바다 깊숙한 곳까지 내려진 줄을 바라보며 마음을 가라앉혔다. 얼굴 주변에서 손톱만한 물살이 팔랑거렸다. 머릿속으로 상상했다.

'준비호흡과 최종호흡을 하고 덕다이빙을 해서

내려가겠지. 15미터 구간쯤에서 낯선 수압에 불편해질 거야. 불편함을 지켜보며 가다 보면 어느새 바텀이 나올 거야. 그러고 다시 올라오겠지. 길어야 1분 30초 안에 끝나는 일이다.'

갈 수 있을 것 같았지만 꼭 가야만 하는 건 아니었고 욕심이 나서 가는 것도 아니었다. 이미 즐거웠다.

부이에 올라와 "아임 오케이" 하니 헤토리와 와이가 덤덤히 말했다.

"잘한다."

"하미나 다이빙 잘한다."

28.6미터였다. 그렇지만 목표한 수심만큼 다녀왔기에 한 말이 아니라는 걸 바로 알았다. 와이가 말했다.

"하미나 하이퍼 상태야. 아마 줄을 내리는 만큼 다 갔다 올 거야."

그러고는 줄을 더 내렸다. 얼마만큼 내렸는지는 알려주지 않았다.

연달아 깊은 수심의 다이빙을 성공하고 나니 이전 다이빙에서는 없었던 욕심이 올라오는 걸 느꼈다. 그러자 몸이 살짝 경직되는 게 느껴졌다. 나는 이미 27미터를 지나 28.6미터까지 개인 기록을 세운 뒤였다. 준비호흡을 하는 동안 욕심을 버리려고 애썼지만 잘되지 않았다. 하지만 기본 상태가 이미 충분히 좋았다. 적당히 준비호흡을 한 뒤에 더 이상 풀리지 않는 몸을 그대로 받아들이고 내려갔다.

하강하는 동안 스퀴즈 없이 편안했다. 바텀에서 턴을 하는데 왼쪽 발에 살짝 쥐가 났다. 당황했지만 참고 올라왔다. 와이가 10미터 구간쯤에 내려와 있었다. 둘이 함께 상승했다. 와이가 나를 보고 있었다. 나는 눈을 마주치지 않고 줄만 보고 올라왔다. 지금 와이를 보면 몰입이 깨질 것 같아서, 웃음이 나올 것 같아서, 이 사람을 너무 좋아하게 될 것 같아서 그렇게 했다.

"아임 오케이."

사인이 끝나자마자 혜토리와 와이는 물을 뿌리고 소리를 지르며 축하했다. 32.6미터였다. 와이는 오늘 다이빙은 여기서 마치라고 했고 나도 동의했다.

다른 팀보다 일찍 다이빙을 마친 우리는 보트로 올라왔다. 납으로 만들어진 무거운 웨이트를 벗어 던지고 장갑과 양말, 핀을 벗고 그대로 다시 바다에 뛰어들었다. 바닷물이 부드럽게 발가락 사이로 살랑거렸다. 가만히 있어도 웃음이 터져 나왔다. 와이가 말했다.

"사람들이 줄을 내려달라고 할 때 두 가지 경우가 있어요. 시간이 별로 없고 뭔가를 더 해야 할 것 같아서, 가기 전에 성과를 내고 싶어서 내려달라고 하는 경우. 그리고 아까 미나 씨처럼 갈 수 있을 것 같아서 더 내려달라고 하는 경우. 앞의 사람은 절대 못 가요. 후자는 늘 가요."

또 덧붙였다.

"오늘처럼 다이빙하는 거예요. 오늘처럼요. 꼭 기억해요."

우리는 실실 웃으며 다른 사람들이 다이빙을 마칠 때까지 물속에서 놀았다. 와이는 계속 똥이 마렵다고 했다. 내가 말했다.

"보여주세요."

"아니, 뭘 보여줘."

"강사니까 바다에서 다이버가 어떻게 똥 싸는지도 시범으로 보여야 하는 거 아닌가요?"

우리는 끊임없이 농담을 하고 노래를 불렀다. 발가락으로 따봉을 만들어 수면 위로 쳐들었다.

나는 머리를 누이고 바다에 둥둥 떴다. 파도가 가볍게 나를 지나다녔다. 뜨거운 필리핀의 햇볕이 얼굴에 내리쬐고 있었다. 마음속으로 한 달간의 시간

동안 나를 허락해준 바다에 감사 인사를 전했다. 안 그래도 까매진 얼굴이 더 까매지겠지만 그런 건 아무래도 상관없었다.

도착하지 않는다

이집트 다합에 와 있다. 처음 이곳에 도착했을 때는 셰어하우스 샤워기에 헤드가 없는 것을 보고 놀랐지만 이제는 물이 나오면 감사하다는 생각이 든다. 셰어하우스 주인은 내게 자전거를 무료로 빌려줬는데 자물쇠는 주지 않았다. 누가 훔쳐 가면 어떡하냐고 물으니 더 필요한 사람이 가져간 거라고 생각하자고 했다. 셰어하우스 사용 시 주의사항은 집 벽에 직접 써놓았다. 길거리에는 어처구니없을 정도로 대충 그린 벽화가 많다. 개와 고양이가 많고 대부분 누워서 편안히 자고 있다.

오늘 낮 기온은 42도를 육박했다. 홍해는 환상적이다. 훈련을 하러 바다에 나가면 건너편에 희미하게 사우디아라비아가 보인다. 이곳에서 가장 값진 것은 아무래도 바다인데, 바다가 모두에게 열려 있으니 이것이 사람들의 삶의 방식을 근본적으로 바꾸어놓는 듯하다.

프리다이빙은 어떻게 보면 사치스러운 스포츠고 어떻게 보면 모든 것을 내려놓게 하는 스포츠다. 시간도 없고 돈도 없다고 입버릇처럼 말하곤 했는데 돌이켜보면 정말 그랬나 싶다. 여행을 다니며 만난 프리다이버 중 시간과 돈이 넘쳐나서 프리다이빙을 하는 사람은 아무도 없었다. 그보다는 바다 곁에 더 오래 머물기 위해 다른 것을 내려놓을 줄 아는 사람들이었다. 프리다이빙 덕분인지는 모르겠지만 근래 들어 미래에 대한 생각을 덜 하게 됐다. 목표를 정하는 일도 잘 하지 않는다. 다음 행선지는 길이 열리는 곳으로 따른다.

이 책을 쓴다는 핑계로 여러 바다를 여행하며 지냈다. 바다에 있다 보니 책은 뒷전이 되곤 했다. 물에서 오랜 시간을 보내며 행복했다. 행복한 기억을 자세히 말할 기회가 주어져서 감사했다. 슬픔만이 아니라 기쁨 역시도 글쓰기의 동력이 될 수 있다는 것을 배웠다.

프롤로그를 썼을 때 나는 프리다이빙이 두려운 상황에서 한 발짝도 뗄 수 없을 때 앞으로 나아가는 법을 알려주는 스포츠라고 했다. 1부를 쓸 때는 프리다이빙이 분에 넘치는, 허락되지 않은, 사치스러운 삶을 얻기 위해 아등바등하는 여정의 상징처럼 느껴졌다. 2부를 썼을 때는 힘을 주지 않고도 앞으로 나아가는 법을 가르쳐주는 경험 같았다.

프리다이빙은 이 세 가지 전부이면서 세 가지 모두 아닐 것이다. 의미를 부여하는 것은 나다. 이야기를 만들어내려는 내 손아귀 사이를 프리다이빙은, 바다는 언제나 유유히 빠져나간다. 자연의 속성이 그러하듯 말이다. 어쩌면 바다는 텅 비어 있다. 나는 잠수를 할 때마다 내가 배워야 할 것을 배우고 나온다. 그리고 부이로 올라와 사람들과 이야기를 나눈다. 무엇을 느끼고 무엇을 배웠는지 말이다. 그 과정에서 나는 어디에도 도착하지 않는다. 어제의 깨달음은 오늘의 편견이 될 수도 있고 오늘은 슬펐지만 내일은 기쁠 수도 있다. 그냥 계속 해야 할 일을 한다. 다만 전보다 나다운 방식으로. 다음 잠수에서는 무엇을 발견하게 될까?

준비호흡을 시작한다. 몸에 특별히 긴장이 서린 곳은 없는지 느껴본다. 천천히 숨을 들이마시고 또 내쉬며, 편안하게 릴랙스….

나를 만든 세계, 내가 만든 세계
'아무튼'은 나에게 기쁨이자 즐거움이 되는,
생각만 해도 좋은 한 가지를 담은 에세이 시리즈입니다.
위고, **제철소**, **코난북스**, 세 출판사가 함께 펴냅니다.

아무튼, 잠수

초판 1쇄 2023년 8월 1일
초판 3쇄 2024년 10월 25일

지은이 하미나
편집 김아영 곽성하
디자인 일구공 스튜디오
제작 세걸음

펴낸곳 위고
펴낸이 이재현 조소정
등록 2012년 10월 29일 제2012-000115호
주소 경기도 파주시 돌곶이길 180-38 1층
전화 031-946-9276
팩스 031-946-9277

hugo@hugobooks.co.kr
hugobooks.co.kr

ISBN 979-11-93044-05-6 02810